KW-620-258

NUAIR A STADANN AN CEOL

Nuair a Stadann an Ceol

Úrscéal don Fhoghlaimeoir Fásta

Marie Whelton

FoghLaimeoir Fásta

© Marie Whelton 2013, 2015

Gach ceart ar cosnamh. Ní ceadmhach aon chuid den fhoilseachán seo a atáirgeadh, a chur i gcomhad athfhála, nó a tharchur ar aon mhodh nó ar aon tslí, bíodh sin leictreonach, meicniúil, bunaithe ar fhótachóipeáil, ar thaifeadadh nó eile gan cead a fháil roimh ré ón bhfoilsitheoir.

Foras na Gaeilge

the arts council / an chomhairle ealaíon — cistiú litríocht — artscouncil.ie

Tá *Leabhair*COMHAR faoi chomaoin ag
Clár na Leabhar Gaeilge (Foras na Gaeilge)
An Chomhairle Ealaíon
as tacaíocht airgid a chur ar fáil
le haghaidh fhoilsiú an leabhair seo.

Foilsithe ag Comhar Teoranta
47 Sráid Harrington
Baile Átha Cliath 8.

Do mo sheanmháthair, Kathleen.

ISBN: 978-0-9571593-5-8
Eagarthóir Comhairleach: Pól Ó Cainín
Clóchur & Dearadh Clúdaigh: Graftrónaic
Clódóirí: Johnswood Press

Clár

Caibidil 1

TAR LE HAMHRÁIN IS LE CEOL

Bhailigh slua mór isteach go séipéal beag an Choláiste Oideachais[1]. An Ceathrú Bliain, an Chéad Bhliain agus na hIarchéimithe[2] den chuid is mó a bhí ann. B'annamh a tháinig mic léinn ón Dara Bliain nó ón Tríú Bliain chuig an Aifreann do Thús na Bliana Acadúla Nua. Bhí siadsan ag baint suilt as saol an Choláiste go fóill. Ag tús an Cheathrú Bliain, d'éireoidís buartha faoi scrúduithe ceann cúrsa[3]. Bheadh cúnamh spioradálta[4] ag teastáil uathu ansin.

Ceathrar ceoltóirí a bhí ina suí ar thaobh na haltóra. D'ardaigh Colmán a mhéara ón méarchlár[5].

"Samhlaigh, an bhliain seo chugainn ní bheimid anseo," ar seisean de chogar.

D'fhreagair Róisín agus í ag féachaint ar a huaireadóir:

"Ag an am seo, an bhliain seo chugainn, beidh na páistí á scaoileadh amach againn don lón."

---

[1] Coláiste Oideachais – *Education College*

[2] Na hIarchéimithe – *The Postgraduates*

[3] Scrúduithe ceann cúrsa – *Examinations at the end of a course (Finals)*

[4] Cúnamh spioradálta – *spiritual help*

[5] Méarchlár – *keyboard*

Chuir an chaint sin isteach ar Phól. Bhí miongháire mór ar a aghaidh ag Pól i gcónaí, agus, de ghnáth, bhí fuinneamh ag sileadh[6] uaidh. I mbliana, bhí cinneadh[7] déanta aige nach raibh sé chun a bhliain dheireanach sa Choláiste a chur amú le cumha[8]. Dhírigh sé aird na gceoltóirí eile ar an gceol:

"An mbainfimid triail amháin eile as an loinneog[9]?" ar seisean, a veidhlín á chur faoina smig aige. Réitigh Colmán a chuid ceoil agus thóg Aisling a fliúit ón seastán[10]. Sheas Róisín in aice leis an micreafón[11]. Rinne Pól an comhaireamh os ard:

"A haon, a dó, a trí... adagió..." Bhí de nós ag Pól treoracha cearta ceoil a rá agus é ag stiúradh aonaid ar bith ceoil agus d'éist na ceoltóirí go cúramach leis na treoracha i gcónaí.

An léachtóir ceoil a chuir an ceathrar in aithne dá chéile an chéad lá. Bhí Róisín agus Colmán sa bhliain chéanna ach ní raibh siad sa rang-ghrúpa céanna. Mac léinn aibí ab ea Colmán. Bhí sé aon bhliain is daichead d'aois nuair a chrom[12] sé ar an gcúrsa Iarchéime sa Choláiste Oideachais. Bhí Róisín cúig bliana déag ní b'óige ná é ach toisc í a bheith ní ba shine ná na daoine eile ina rang, ba mhinic a shuigh sí le Colmán ag am lóin agus ag am sosa.

---

[6] Ag sileadh ó – *streaming from/dripping from*

[7] Cinneadh – *decision*

[8] Cumha – *nostalgia*

[9] Loinneog – *antiphon*

[10] Seastán – *stand*

[11] Micreafón – *microphone*

[12] Nuair a chrom sé – *nuair a thosaigh sé*

Bhí seanaithne ag Aisling agus Pól ar a chéile. D'fhás siad aníos le chéile. D'fhreastail Aisling ar Choláiste Íosagáin agus d'fhreastail Pól ar a chomh-mheánscoil, Coláiste Eoin, ar Bhóthar Stigh Lorgan i ndeisceart Bhaile Átha Cliath. Ansin, rinne an bheirt acu cinneadh dul le bunmhúinteoireacht. Líon siad an fhoirm *C.A.O.* isteach le chéile i dteach Aislinge. Fuair siad a gcéad rogha – Coláiste Oideachais a bhfuil cultúr agus traidisiún suntasach Gaelach aige.

Bhí spéis ag an mbeirt acu i gceol na heaglaise[13] ó bhí siad an-óg. Nuair a bhí siad sa mheánscoil, sheinn Aisling leis an gcór gach Domhnach agus d'éirigh léi Pól a mhealladh le bheith ina ionstraimí[14] leis an gcór céanna. Chuir sé isteach orthu, uaireanta, nach raibh siad in ann gigeanna ceoil a dhéanamh le chéile, ach ní fhéadfaidís mórán a dhéanamh le veidhlín agus fliúit aonair.

Nuair a bhuail siad le Colmán agus le Róisín sa Tríú Bliain, chonaic Pól na deiseanna láithreach. Bhí a fhios aige go bhféadfaidís ceolfhoireann[15] bheag a bhunú. D'iarr lánúin[16] óna cheantar féin air an ceol a dhéanamh ag a mbainis an samhradh roimhe sin ach bhí air diúltú. Mar gheall ar Róisín agus ar Cholmán, bhí Pól agus Aisling in ann a gceol a fhógairt agus bhí a gceolfhoireann bheag chomh maith le haon phost páirtaimseartha eile. Anuraidh, sheinn siad ag cúig ócáid sa Choláiste agus bhí bainis acu in aghaidh na seachtaine i rith an tsamhraidh.

---

[13] Ceol na heaglaise – *church/sacred music*

[14] Ionstraimí – *instrumentalist*

[15] Ceolfhoireann – *orchestra*

[16] Lánúin – *a couple*

Cé nach raibh sé ag iarraidh é a admháil[17], bhí sórt cumha ar Phól sa séipéal inniu freisin. Bhí cónaí air féin agus ar Aisling i mBaile Átha Cliath. B'as Ciarraí do Róisín agus bhí fonn ar Cholmán filleadh ar Longfort. Bhí a fhios ag Pól nach mbeidís in ann leanúint leis an gceol ar bhonn rialta tar éis na bliana sin. Mura mbeidís in ann cleachtadh a dhéanamh le chéile, ní thiocfadh feabhas ar "Nóntraí", mar a thug siad orthu féin.

Bhí cuimhne an-soiléir ag Pól ar an oíche a shocraigh siad ar ainm an cheathairéid[18]:

"Céard faoi "Na Préacháin"[19] mar ainm? Leagan Gaeilge de *Counting Crows*?" a dúirt Pól nuair a bhí an t-ainm á phlé.

"Nó, ag leanúint leis an téama dubh! Céard faoi 'Na Ciaróga'?" a d'fhreagair Colmán, le miongháire ar a bhéal.

"*The Beatles*!" a scairt na cailíní d'aonghuth[20].

"Ceart go leor!" arsa Colmán, agus rógaireacht[21] fós ar a aghaidh. "Is dócha go mbeadh sé sin iomarcach!" Mar ba dhual dó, bhí a phointe déanta ag Colmán tríd an ngreann. Ba thúisce jóc faoi féin uaidh ná jóc faoi dhaoine eile de ghnáth.

An oíche sin, bhí Róisín ag cuardach ar www.tearma.ie agus tháinig sí ar an ainm galánta

---

[17] A admháil – *to admit*

[18] Ceathairéad – *quartet*

[19] Na préacháin – *the crows*

[20] D'aonghuth – *in one voice/unanimously*

[21] Rógaireacht – *roguery*

"Nóntraí". "Saranáid"[22] an chiall atá leis. Nuair a d'inis sí don triúr eile faoi "nóntraí", shíl siad go raibh blas breá dúchasach ar an bhfocal. Bhí cloiste acu faoi shuantraí[23], gholtraí[24] agus gheantraí[25] roimhe sin agus ghlac siad láithreach leis an ainm "Nóntraí." Bheidís ag iarraidh obair a fháil ag póstaí[26] agus cheap siad gur chuir "nóntraí" éirim[27] an ghrá agus na bainise in iúl ar bhealach deas.

D'ardaigh Pól a lámh ón veidhlín nuair a chonaic sé an sagart ag teacht isteach sa séipéal. Stop an triúr eile i lár na loinneoige a bhí á cleachtadh acu. D'fhéach Pól ar nodaireacht[28] an iomainn iontrála[29] a bhí ar na leathanaigh os a chomhair. Aistriúchán scaoilte Gaeilge ar iomann le Liam Lawton a bhí ann – "*Laudamus Te Domine*" – "Tar le hAmhráin is le Ceol" an teideal a bhí ar an leagan Gaeilge agus 4/4 an t-amchomhartha[30] a bhí leis.

"A trí, a ceathair... go forásach,[31]" a dúirt sé.

Dordán[32] ó mhéarchlár Cholmáin, mar a bheadh nóta fada ag teacht ó dhordveidhil[33]. Ansin tháinig Pól féin isteach le réamhfhonn[34] Ceilteach a thug idir shollúntacht[35] agus chroíúlacht leis. Tháinig guth Róisín agus fliúit Aislinge isteach le chéile. Chumaisc[36] ceol an veidhlín leis an téadfhuaim[37] ón

22 Saranáid – *serenade*
23 Suantraí – *lullaby*
24 Goltraí – *crying music/lament*
25 Geantraí – *laughing music*
26 Pósadh – *wedding, marriage*
27 Éirim – *sense of*
28 Nodaireacht – *notation*
29 Iomann iontrála – *entrance hymn*
30 Amchomhartha – *time signature*
31 Forásach – *progressively*
32 Dordán – *drone*
33 Dordveidhil – *cello*
34 Réamhfhonn – *prelude*
35 Sollúntacht – *solemnity*
36 Cumaisc – *fuse*
37 Téadfhuaim – *string-sound*

méarchlár agus rinne an fhliúit agus an guth comhfhuaim[38] lena chéile. Bhí uigeacht[39] ar leith ag baint le ceol "Nóntraí". Chuir an ceol draíocht ar na mic léinn agus ar na daoine eile a bhí ag éisteacht leis.

Tar éis an Aifrinn, tháinig duine de na léachtóirí Gaeilge, Tomás Ó Conghaile, anall chucu. Mhol sé an ceol agus thug sé moladh ar leith do Róisín. Dúirt sé go raibh guth cosúil le Rita Connolly aici. Cé go raibh an moladh céanna cloiste ag Róisín cheana, dhearg a haghaidh. Ghlac sí leis an gcomparáid i gcónaí mar ardmholadh. Ba laoch mór di í Rita Connolly. Cheap sí go raibh guth álainn aici agus go raibh tondath[40] ar leith ann. Ba é ceol fhear céile Rita an ceol ab ansa[41] léi ar domhan. Shíl sí go raibh Shaun Davey go hiontach.

Sa mheánscoil a bhí sí nuair a thit sí i ngrá leis an gceol sin ar dtús. Bhí an tsraith cheoil[42], Gráinne Mhaol, ar chúrsa an Teastais Shóisearaigh agus thaitin scéal na banríona Ceiltí[43] go mór léi. Nuair a thagadh sí abhaile ón scoil ba mhinic a sheinneadh sí "Ripples in the Rock Pools" ar an bpianó. Sa bhliain 2003, bhí sí sé bliana déag d'aois agus bhí sí san idirbhliain sa mheánscoil. Thug cara léi cuireadh di freastal ar Shearmanas Oscailte na gCluichí Oilimpeacha Speisialta[44] i mBaile Átha Cliath. Bhí deirfiúr a cara ag glacadh páirte sna cluichí. Ní dhéanfadh Róisín

---

38 Comhfhuaim – *similar sound/assonance*

39 Uigeacht – *texture*

40 Tondath – *timbre*

41 Is ansa – *favourite/beloved*

42 An tsraith cheoil – *musical suite*

43 Banríon Cheilteach – *Celtic Goddess*

44 Searmanas Oscailte na gCluichí Oilimpeacha Speisialta – *Special Olympics' Opening Ceremony*

dearmad go deo ar an tslí a ndeachaigh cumasc[45] sainiúil[46] tréitheach[47] Shaun Davey i bhfeidhm uirthi i bPáirc an Chrócaigh an lá sin – an cumasc sin de dhrumaí ollmhóra, de phíobaí arda móra agus de ghuth Ceilteach Rita Connolly chomh maith, ar ndóigh, leis an gcríochdhúnadh[48] mall iomráiteach[49] ag deireadh an phríomh-aintiúin[50]. Cé gur thaitin fiúgaí[51] Bach léi agus cé go raibh uirthi nochtraithe[52] Chopin a chleachtadh dá scrúduithe pianó, bhraith sí go raibh sí "sa bhaile" i gceol Davey. Áras éalaithe[53] ab ea an ceol i gcoitinne do Róisín riamh anall. Thug an ceol faoiseamh di ón teannas a bhí ina timpeall go minic ina teaghlach féin agus thug an ceol foscadh[54] di ó na fadhbanna móra pearsanta a bhí fós aici agus í ina mac léinn.

"Ri-ta! Ri-ta!" arsa Pól agus Colmán léi de chogar agus iad ag spochadh aisti[55].

Nuair a d'imigh an léachtóir, thosaigh siad ag canadh os ard. Rinne siad aithris ar theanóir[56] chaithréimeacha[57] cosúil le Luciano Pavarotti agus Placido Domingo:

"So come we all, to take our chances,

For we're prepared to try,

To run the race, to face the challenge,

And may we never have to say goodbye."

---

[45] Cumasc – *fusion*
[46] Sainiúil – *specific*
[47] Tréitheach – *characteristic*
[48] Críochdhúnadh – *perfect cadence*
[49] Iomráiteach – *famous*
[50] Príomh-aintiún – *main anthem*
[51] Fiúgaí – *fugues*
[52] Nochtraithe – *nocturnes*
[53] Áras éalaithe – *place of escape* (áras – *mansion/residence/home*)
[54] Foscadh – *shelter*
[55] Ag spochadh aisti – *teasing her*
[56] Teanóir – *tenors*
[57] Caithréimeach – *triumphant*

Bhí taithí ag Róisín ar an bpleidhcíocht sin agus ní dheachaigh sí ina gcoinne ach thosaigh sí ag canadh in éineacht leo:

"We crossed the ocean, we crossed the mountains high..."

Ghlac Aisling páirt sa spórt, freisin. Ansin phléasc an ceathrar amach sna trithí gáire.

Caibidil 2

CÉILÍ MÓR

Bhí Colmán agus Róisín ina mbaill den Chumann Gaelach[58] agus bhí dhá chruinniú[59] ag an gCumann le Tomás Ó Conghaile i Mí Mheán Fómhair. Ag an gcéad chruinniú, chuir siad fáilte roimh bhaill[60] nua agus chuir siad plean na bliana le chéile. Ag an dara cruinniú d'eagraigh siad an Céilí Mór. I mbliana, bhí an Céilí Mór le bheith ann ar an gcúigiú lá déag de Dheireadh Fómhair.

"An ndéanfaidh sibhse an ceol, a Cholmáin?' arsa an léachtóir agus é ag iarraidh deireadh a chur leis an gcruinniú.

"D'fhéadfaimis cúpla fonn[61] a sheinm ceart go leor, ach bheadh sé i bhfad ní b'fhearr banna céilí ceart a fháil."

"Bheadh," arsa Róisín agus í ag aontú le Colmán, "dá bhfaighimis banna, bheimis féin saor chun páirt a ghlacadh sa rince."

---

58 Cumann Gaelach – *Gaelic Association*

59 Cruinniú – *meeting*

60 Na baill – *the members*

61 Fonn – *tune*

"Beidh orm snas[62] a chur ar mo bhróga rince, má fhaighimid banna!" arsa Colmán.

"Tabharfaidh mé an cor beirte[63] duit!" arsa Róisín agus meangadh beag ag dul thar a béal.

D'fhéach Colmán ar ais le cion. Ba léir don saol[64] go raibh cion an domhain ag an mbeirt acu ar a chéile. Cheap daoine áirithe go raibh siad ag siúl amach le chéile ach thuig na daoine a raibh aithne cheart acu orthu nár lánúin iad.

"Céard é an scéal idir tusa agus Colmán?" a d'fhiafraigh Aisling de Róisín, le teann diabhlaíochta[65] agus dóchais, lá amháin roimh na scrúduithe ag tús an tsamhraidh.

"Mise agus Colmán?" a d'fhreagair Róisín le halltacht[66] ina glór. "Níl aon scéal! Tá sé i bhfad níos sine ná mise, más é sin atá i gceist agat!"

"Tá. Ach ó mo Dhia, a Ró níor stop sé sin Catherine Zeta Jones agus Michael Douglas!"

Bhí tuin chainte[67] dheisceart Bhaile Átha Cliath le cloisteáil go tréan[68] ar chaint Aislinge agus nuair a dúirt sí an focal "Jones" shíl Róisín go ndúirt sí "Jóins." Cé go raibh an-iarracht déanta ag Aisling blas na Mumhan a chur ar a cuid Gaeilge, tháinig a dúchas cathrach amach ina cuid cainte anois is arís. Cheap Róisín go raibh Aisling an-chosúil le Miriam O'Callaghan ina

---

62 Snas – *shine/polish*

63 Cor beirte – *two-hand-reel*

64 Saol – *life*/gach duine (*everyone*)

65 Teann diabhlaíochta – *height of devilment*

66 Alltacht a chur ar – to *amaze/astonish*

67 Tuin chainte – *accent*

68 Go tréan – *strongly/intensely*

bealach. Bhí stíl agus teacht i láthair aici ach bhí nádúr[69] inti agus cineáltas ag baint léi, freisin.

"Seanfhear agus bean óg? Nach cuimhin leatsa an rud a dúirt Máirín Ní Chualáin i léacht litríochta?" Bhí aoibh an gháire ar a haghaidh ag Róisín anois ach lean sí ar aghaidh idir shúgradh agus dáiríre[70].

"Smaoinigh ar Dheirdre agus ar Ghráinne, nó smaoinigh ar na hamhráin go léir a deir gur mairg don chailín a phósann seanfhear liath."

Bhí céim mháistreachta ag Róisín i nua-litríocht na Gaeilge. Bhí sí éirimiúil[71] agus díograiseach[72] agus chuir sí í féin tríd an ollscoil le cabhair scoláireachta. Ansin, chaith sí tréimhse ag obair mar aistritheoir[73] agus ag cur airgid i leataobh chun iarchéim san oideachas a bhaint amach. Ba dhuine dáiríre í agus cé go dtéadh sí amach leis na cailíní i gcónaí, níor ól sí riamh. Bhí stíl shimplí ghléasta agus dathúlacht nádúrtha aici, ach níor chaith sí smideadh[74] ach go hannamh. In ainneoin í a bheith ciúin inti féin, ba chailín cairdiúil sóisialta í san am céanna. Bhí meas ag gach duine uirthi toisc í a bheith flaithiúil lena cuid eolais. Uaireanta, shíl Aisling, áfach, go raibh Róisín rósh※áite sna leabhair.

"Ó mo Dhia! Ná bac leis an litríocht, a chailín!" arsa Aisling léi agus í ag ligean osna[75] aisti.

---

[69] Nádúr – *kindly nature*

[70] Idir shúgradh agus dáiríre – *half in jest, half in earnest*

[71] Éirimiúil – *intelligent*

[72] Díograiseach – *diligent*

[73] Aistritheoir – *translator*

[74] Smideadh – *make-up*

[75] Osna – *sigh*

"Agus ar aon nós níl tusa bliain is fiche a thuilleadh agus ní haon seanduine liath é Colmán! Is deacair a thuiscint, i ndáiríre, cén fáth nach bhfuil sé pósta cheana féin!"

"Ní fhéachaim air mar sin, a Aisling!" arsa Róisín le macántacht dháiríre ina guth. "Feicim é mar chompánach staidéir[76], nó mar dhlúthchara."

Chuir an freagra sin deireadh leis an gcomhrá agus leis an tuairimíocht[77] agus níor chuir Aisling ceist ar Róisín faoi riamh arís.

Chuir Colmán an banna céilí in áirithe[78] don Chéilí Mór agus bhuail sé féin agus an triúr eile leis na ceoltóirí uair an chloig roimh an gCéilí. Shocraigh siad go mbeadh trí dhamhsa ag an tús agus go seinnfeadh Nóntraí an t-amhrán "Mo Ghile Mear" ansin. Tar éis dhá dhamhsa eile ón mbanna céilí, bheadh sos ann. Thug Colmán liosta de dhamhsaí na hoíche don bhanna agus thug sé nóta d'ord na hoíche d'fhear an tí.

Duine an-eagraithe ab ea Colmán. Aon rud a rinne sé, rinne sé é ar bhealach críochnúil[79] foirfe[80].

"Tá Colmán chomh huasal sin go gceapaim, uaireanta, nach bhfuil sé daonna!" a dúirt Pól le Róisín lá amháin.

Cé gur cheap Róisín go raibh beagáinín den rófhlosc[81] le brath ar an moladh sin thuig sí, mar sin féin, an rud a bhí i gceist aige. Bhí rud éigin eisceachtúil ag baint

---

76 Compánach staidéir – *study companion*

77 Tuairimíocht – *speculation*

78 Cuir in áirithe – *to reserve*

79 Críochnúil – *thorough*

80 Foirfe – *perfect*

81 Rófhlosc – *too much eagerness*

le Colmán mar dhuine – naofacht nó soineantacht éigin. Dar le Róisín go raibh daoine ann a fuair an t-ainm ceart nuair a báistíodh iad. Duine den chineál sin ab ea Colmán[82] – d'oir a ainm dó ar gach bealach. Ach cé go bhfaca Róisín a dhea-thréithe neamhghnácha ar fad níor bhraith sí go raibh aithne aici ar Cholmán i ndáiríre. Bhí nach mór bliain caite acu i gcomhluadar a chéile agus fós bhí rudaí ann nár thuig sí faoi. Bhí bearna[83] éigin eatarthu. Seans gur bhain an bhearna le haois, seans gur bhain sí lena ndúchas difriúil, nó le taithí saoil[84] dhifriúil. Ní raibh amhras uirthi ach gurbh fhéinmhuiníní i bhfad é féin ná í féin agus go raibh féith iontach an ghrinn i gColmán. Ach bhraith Róisín go raibh rian[85] éigin den bhrón ar chúl an ghrinn chéanna. Ní raibh sa ghreann, dar léi, ach an masc a léirigh Colmán don slua. Ar an taobh istigh, shíl Róisín nach raibh Colmán róshocair ann féin i ndáiríre agus ba léir di go mbíodh sé ar thóir daoine stuama[86] diongbháilte[87] i gcónaí, daoine a thabharfadh suaimhneas dó agus a tharrthálfadh[88] é óna éiginnteacht[89] dhúrúnda[90] féin.

"Slua breá," arsa Páidí Ó Máille le Colmán agus iad ag dul isteach chuig an gCéilí Mór.

"Slua iontach," a d'fhreagair Colmán, "beidh gach duine sa Chumann Gaelach an-sásta leis an líon mór daoine a tháinig amach."

---

82 Colmán – *little dove*
83 Bearna – *gap*
84 Taithí saoil – *life experience*
85 Rian – *trace, track*
86 Stuama – *sensible*
87 Diongbháilte – *constant*
88 Tarrtháil – *save*
89 Éiginnteacht – *uncertainty*
90 Dúrúnda – *mysterious, enigmatic*
91 Clúid – *a nook/ snug*

Istigh sa Halla, bhí coinnle ar lasadh i ngach fuinneog. Bhí an áit cosúil le clúid[91] i dteach tábhairne.

Ba é Páidí Ó Máille, Cathaoirleach an Chumainn, a bhí mar fhear an tí. Fear téagartha[92] dathúil ab ea é. Bhí sé sé troithe ar airde agus cé gur cheap daoine áirithe go raibh sé beagáinín rócheanúil[93] air féin, ba phleidhce ceart é, freisin, agus d'éirigh leis atmaisféar spraíúil a chruthú i gcónaí lena ghuth cairdiúil agus lena ghreann éadrom.

"Rogha na gCailíní anois! Feicim go bhfuil Áine de Faoite ina seasamh cheana féin! Bí aireach a Sheosaimh, nó béarfar ort!"

Chuir Páidí gach duine ag gáire. Bhí sé mór le hÁine agus dá bhrí sin, níor chuir an spochadh isteach ná amach uirthi. Ghlaoigh sé amach céimeanna na rincí[94].

"A haon, dó, trí, a dó, dó, trí agus lu-a-scadh." Bhí Gaeilge bhreá Chonamara aige agus an défhoghar[95] fada foirfe aige de réir rithim an cheoil.

Tar éis Ionsaí na hInse[96], dúirt Páidí go mbeadh sos ann. Le linn do na daoine socrú síos chuir sé Nóntraí in aithne dóibh. Ní raibh aon ghá le réamhrá, ach bhí sé de nós ag Páidí scéal mór a dhéanamh de gach rud.

"An scoláire, 'Róisín Dubh' , an feirmeoir, 'Colmán ó Longfort' agus an Stiúrthóir, Pól lena ghrá geal Aisling, a chomhscoláirí, cuirigí fáilte mhór chroíúil roimh Nóntraí!"

---

92 Téagartha – *substantial, well built*

93 Rócheanúil ar – *too fond of*

94 Céimeanna na rincí – *the steps of the dances*

95 Défhoghar – *diphthong*

96 Ionsaí na hInse – *Siege of Ennis*

Sheinn Colmán an réamhcheol[97]. B íseal gearr agus C fada dordánach[98] ina dhiaidh. Sheinn sé na nótaí ceithre huaire agus, ansin, tháinig an veidhlín, an fhliúit agus guth Róisín isteach le chéile:

"'Sé mo laoch, mo ghile mear, 'sé mo Chéasar gile mear.

Suan ná séan ní bhfuaireas féin ó chuaigh i gcéin mo ghile mear…

Ní labhrann cuach go suairc ar nóin, is níl guth gadhair i gcoillte cnó…"[99]

Chiúnaigh an slua. Cé go raibh an t-amhrán ar eolas ag gach duine sa chomhluadar, bhí fuaim úr á cloisteáil acu. B'fhuaim í a bhí faoi thionchar Shaun Davey agus Liam Lawton, ach a raibh a stampa féin curtha ag Nóntraí uirthi, í clasaiceach agus traidisiúnta san am céanna. Bhí an slua faoi dhraíocht an amhráin. Mhair ciúnas urramach[100] go deireadh an amhráin agus ansin sheas gach duine chun bualadh bos mór a thabhairt do Nóntraí.

Tar éis an chéilí bhí Róisín agus Colmán ag teacht amach as an Halla. Labhair cailín ón dara bliain leo.

"Bhí an céilí sin go hiontach! Bhí Nóntraí ar fheabhas! Féach! Tá bus ag feitheamh thall ansin. Tá sé ag dul chuig Club an Chonartha. Ní rabhamar i lár na cathrach mar ghrúpa le fada. An cuimhin libh an oíche dheireanach a bhíomar ann? Roimh an

---

[97] Réamhcheol – *overture*

[98] Dordánach – *deep, bass, droning*

[99] *'He is my hero, my bright fast one, he is my bright fast Caesar… Neither sleep nor peace have I had since my bright fast one went away... No cuckoo speaks pleasantly at noon, and there is no sound of hounds in nut woods...'*

[100] Urramach – *reverent*

samhradh nuair a bhí an bua againn ar na leaids i gColáiste Phádraig, Droim Conrach, i gCorn na Mac Léinn[101]. An bhfuil sibh ag teacht linn?" arsa an cailín a bhí ag súil le hoíche mhór.

"Níl," arsa Róisín. Ní fhaca Róisín riamh an méid sin daoine óga ar meisce agus a chonaic sí oíche an chluiche. Bhí an tábhairne ag cur thar maoil[102] le daoine agus cheap sí go ndeachaigh roinnt daoine thar fóir ach ní dúirt sí aon rud leo. Bhí a fhios aici áfach nach bhféadfadh sí fothram[103] an tábhairne a sheasamh anocht. "Táimse traochta. Sílim go rachaidh mé abhaile."

"Bhuel! Má tá tusa ag dul abhaile, siúlfaidh mé abhaile in éineacht leat," arsa Colmán, "táimid ag éirí ciallmhar in ár seanaois!"

Bhí cónaí ar an mbeirt acu san eastát céanna a bhí suite thart ar fhiche nóiméad ón gColáiste. Thrasnaigh siad an bóthar agus chas siad ar chlé. Shiúil siad faoi scáth na bhfuinseog[104], síos an ascaill os comhair an Choláiste. Búlbhaird[105] mhór fhairsing ab ea an ascaill agus bhí na crainn ar an dá thaobh den bhóthar go hálainn san fhómhar. Ní raibh a ndath órloiscthe[106] le feiceáil ag an am seo den oíche ach thug na crainn airde agus seasmhacht[107] don tsráid, an airde sin agus an éirim den spás a shamhlaítear, de

[101] Corn na Mac Léinn – *Students' Cup*
[102] Ag cur thar maoil – *overflowing/brimming over*
[103] Fothram – *noise, din, tumult*
[104] Faoi scáth na bhfuinseog – *under the shade of the ash trees*
[105] Búlbhaird – *boulevard*
[106] Órloiscthe – *of/like refined gold*
[107] Seasmhacht – *steadfastness, constancy*

ghnáth, le cathracha mar Pháras.

Bhí Róisín an-chiúin. Chonaic sí Colmán ag féachaint uirthi. Bhí a fhios aici go raibh a ciúnas tugtha faoi deara aige. Bhí a fhios aici, freisin, nach gcuirfeadh sé ceist uirthi faoi. Thaitin sé léi go raibh meas aige ar a príobháideachas.

Theann Colmán a chóta timpeall air féin agus dúirt:

"Tá nimh sa ghaoth sin. Cuireann an t-am seo den bhliain mo laethanta sa mheánscoil i gcuimhne dom i gcónaí. Is cuimhin liom, go háirithe, an spórt a bhíodh againn agus sinn ag teacht abhaile ón scoil ar an mbus-scoile, lucht caite tobac ag caitheamh leo agus an boladh sin a d'fhan i d'éide scoile!"

"Ó 'sea. Is cuimhin liom é sin. Na laethanta seo, ní bhíonn an boladh sin fiú i dtithe tábhairne!" arsa Róisín.

"Ó tá Éire athraithe, ceart go leor," arsa Colmán.

"Ag an am seo den bhliain bhíodh milseog d'úlla, sméara dubha agus custard againn go minic, nó dá mbíodh an t-am ag mo mháthair, dhéanadh sí pióg úll. Bia slán folláin[108] agus thar a bheith blasta!"

"Na seanlaethanta!" a d'fhreagair Colmán agus é ag amharc uirthi le mionghháire beag. "Bhíodh gach rud ar fheabhas. Bhíodh gach duine cineálta..."

"Á, anois, tá tú ag magadh fúm," arsa Róisín.

"Éiríonn tú bog nuair a bhíonn tú ag caint faoi na seanlaethanta. Is bean chliste éirimiúil tú ach is féidir leat a bheith an-mhaoithneach[109] uaireanta. Tugaim

---

[108] Slán folláin – *safe and healthy*

[109] Maoithneachas – *sentimentality*

faoi deara, freisin, go mbíonn tú i gcónaí ag caint faoi do mháthair ach ní deir tú faic faoi d'athair."

D'fhéach Róisín air le halltacht ar a haghaidh. Roghnaigh Colmán topaic neamhphearsanta go tapa.

"An dóigh leat," ar seisean, "go bhfuil an ceart ag an Dr Ó Floinn nuair a deir sé go mbíonn eolas ar leith (seachas modheolaíochtaí teagaisc ar leith) ag teastáil ón múinteoir chun ábhar ar nós mata a mhúineadh do pháistí? Nach bhfuil go leor eolais ina sheilbh cheana féin ag aon duine a rinne Mata don Ardteist chun an t-ábhar a mhúineadh do pháistí óga?"

"Nílim cinnte faoin Mata," a dúirt Róisín go machnamhach, "ach táim cinnte de gur fearr an múinteoir Gaeilge mé anois ná an múinteoir a bhí ionam ag tús an chúrsa toisc níos mó cruinnis agus líofachta a bheith bainte amach agam sa teanga agus toisc staidéar a bheith déanta agam ar orduithe[110], threoracha[111] agus ar Ghaeilge na Scoile i gcoitinne. Is ceist spéisiúil í gan amhras. Tá go leor oideachasóirí[112] den tuairim gurb iad na modheolaíochtaí teagaisc is tábhachtaí, ach is dóigh liomsa gur fearr féachaint ar an eolas agus ar an modheolaíocht mar leathbhádóirí[113]. "

Bhí an siopa *Centra* fós ar oscailt.

"Rachaimid isteach anseo le feiceáil an mbeidh pióg úll acu," arsa Colmán.

---

110 Orduithe – *orders*

111 Treoracha – *directions*

112 Oideachasóirí – *educators*

113 Leathbhádóirí – *shipmates, colleagues, partners*

Ní raibh fáil ar phióg úll sa siopa, ach cheannaigh siad dhá mhuifín agus lítear de bhainne.

Bhí seanchleachtadh ag Colmán ar theach Róisín. Ba mhinic anuraidh a chaithidís oícheanta fada le chéile sa chistin ag ullmhú scéimeanna[114] don socrúchán scoile[115]. Ar nós go leor tithe a bhíonn amuigh ar cíos, bhí sé lán le píosaí troscáin[116] nach raibh ag teacht lena chéile[117], ach ba theach breá sócúlach[118] é. Beirt mhac léinn eile a bhí ina gcónaí le Róisín. Ba mhac léinn aibí í Caitlín a bhí ag déanamh leighis i gColáiste na Tríonóide. Bhí sceideal an-dian aici agus b'annamh a bhí sí sa teach i rith na seachtaine. Cailín séimh fionn ab ea Órfhlaith a bhí ag déanamh staidéir ar an gceol in Acadamh Ríoga na hÉireann agus bhíodh seisiúin cheoil, ó am go chéile, ag Róisín, Órfhlaith agus Colmán le chéile. Oíche amháin reáchtáil siad "Come Dine with Me" nó "Suigh chun boird in éineacht liomsa" mar a thug siad air, agus d'éirigh go han-mhaith leis.

Ní raibh Órfhlaith ná Caitlín sa bhaile anocht. Réitigh Róisín an tae. Thaitin tae láidir léi agus bhí Colmán tar éis dul i dtaithí air. Bhí na muifíní ceart go leor, níorbh ionann iad agus na cinn a dhéantar sa bhaile.

"An mbeidh tú anseo ag an deireadh seachtaine, a Cholmáin?"

"Ní bheidh. Caithfidh mé dul ó thuaidh arís."

---

114 Scéimeanna – *schemes*

115 Socrúchán scoile – *School placement*

116 Píosaí troscáin – *pieces of furniture*

117 Ag teacht lena chéile – *matching*

118 Sócúlach – *comfortable*

Leis sin thosaigh guthán póca Róisín ag bualadh. D'fhéach sí ar an scáileán agus go ciúin múinte dúirt sí:

"Tá brón orm, a Cholmáin, ach caithfidh mé é seo a thógáil."

"Dia duit!" labhair sí ar dtús de ghuth íseal agus í ag siúl i dtreo an tseomra suite.

"Tóg go bog é! Abair é sin arís!" arsa Róisín.

"An bhfuil tú cinnte faoi seo?"

Chuala Colmán an chorraíl[119] i nglór Róisín. Nuair a bhí an braon deiridh tae slogtha siar aige lean sé í.

"Feicfidh mé amárach thú, a Róisín," ar seisean de chogar. "Tabhair aire!"

"Nóiméad amháin," arsa Róisín agus bhain sí an guthán dá cluas.

"Ceart go leor, a Cholmáin, beidh mé ag caint leat amárach, oíche mhaith!"

Chonaic Colmán go raibh deora i súile Róisín agus go raibh a lámh ag crith. Chaoch sé a shúil agus rinne sé comhartha sláin lena lámh agus d'fhág sé an teach.

"A Mhom, cá bhfuil tú anois?" arsa Róisín.

Máthair Róisín a bhí ar an bhfón agus í trína chéile.

"Tá mé sa Neidín[120], i dteach samhraidh d'aintín. Fanfaidh mé anseo anocht. Níl a fhios agam cad a dhéanfaidh mé ansin...Tá mé tar éis d'athair a fhágáil, a Róisín."

---

119 Corraíl – *agitation*

120 An Neidín – *Kenmare*

Caibidil 3

ATHAIR

Níor chodail Róisín mórán an oíche sin. Uair an chloig a chaith sí ar an bhfón ag éisteacht lena máthair agus ag iarraidh í a shuaimhniú[121]. Ach in ainneoin go raibh a croí briste, mhothaigh sí faoiseamh ollmhór san am céanna. Ar a laghad bhí a fhios aici anois go mbeadh a máthair sábháilte agus go mbeadh deireadh leis na focail ghéara agus leis na cluichí intinne.

Chuir Róisín uisce te ón gciteal sa taephota agus dhoirt sí amach muga eile de thae láidir uaidh, d'ól sí é agus thóg sí amach a dialann. Choinnigh sí dialann chun a cuid mothúchán agus smaointe go léir a oibriú amach. Séiplíneach an Choláiste a mhol di é sin a dhéanamh. Comhairleoir[122] cáilithe ba ea an séiplíneach, Dónal, agus ba léachtóir é, freisin, san Oideachas Reiligiúnach. Múinteoir go smior[123] ab ea é agus b'ábhar iontais ag a chuid mac léinn i gcónaí é go raibh sé in ann a chuid léachtaí ard-fhorbartha a

---

[121] Suaimhnigh – *quiet, pacify, calm*

[122] Comhairleoir – *counsellor*

[123] Go smior – *through and through* (smior = *marrow*, múinteoir go smior – *a teacher to the marrow/bone*)

thabhairt gan nóta d'aon chineál os a chomhair amach. Réitigh Róisín go maith leis.

Agus í ag ól an tae, ba chuimhin le Róisín Satharn amháin, ag tús na bliana seo caite nuair a chuaigh grúpa mór ó Rang na nIarchéimithe ar thuras spioradálta[124] in éineacht le Dónal. Bhí liotúirge[125] beag i lár an lae acu. Ag an liotúirge sin, dúirt Dónal paidir do pháistí a bhí ag maireachtáil le tuismitheoirí nár réitigh lena chéile, do pháistí a bhí ag maireachtáil leis an bhforéigean teaghlaigh[126] agus do pháistí a bhí ag maireachtáil leis an andúil[127]. Tar éis do Róisín an phaidir sin a chloisteáil, d'iarr sí ar Dhónal arbh fhéidir léi teacht chuig a oifig le labhairt leis.

An chéad uair a chuaigh sí chuig a oifig, chnag sí ar an doras go neirbhíseach. D'oscail sé an doras láithreach.

"Tar isteach, a Róisín, tá fáilte romhat," arsa Dónal. Dhún sé an doras go cúramach, ansin d'iarr sé ar Róisín suí síos agus shuigh sé féin síos ar chathaoir in aice léi. Bhí an t-atmaisféar foirmiúil ar dtús ach de réir a chéile, mhaolaigh[128] an faitíos a mhothaigh sí.

Fear a raibh gruaig bhán agus féasóg air ab ea Dónal. Ní raibh sé dathúil ach bhí nádúr ann a chuaigh i bhfeidhm ar dhaoine. Thug roinnt de na mic léinn "Daidí na Nollag" air! Bhí a fhios aici óna chuid léachtaí go raibh páistí aige sna fichidí luatha agus go

---

[124] Turas spioradálta – *retreat*

[125] Liotúirge – *liturgy*

[126] Foréigean teaghlaigh – *domestic violence*

[127] Andúil – *addiction*

[128] Maolaigh – *decrease, reduce*

raibh tuiscint mhaith aige ar fhadhbanna daoine ar chomhaois léi féin. Focal ní dúirt Dónal go dtí gur chríochnaigh sí a scéal. Ansin, labhair sé go cásmhar:

"Tá a fhios agam go raibh sé deacair an scéal sin a insint dom," ar seisean, "go raibh maith agat as an muinín sin a bheith agat asam. I mo chuid oibre, agus i mo shaol féin, tagann an scéal sin chun cinn arís agus arís. Is tú an leanbh is sine. Chuir tú ualach ollmhór ar do ghualainn féin: bhí tú i do thuismitheoir do na leanaí eile; chosain tú do mháthair; sheas tú go cróga in aghaidh bulaíochta; ach mothaíonn tú i gcónaí go bhfuil an teaghlach ag brath ortsa agus má tharlaíonn aon drochrud go bhfuil an locht ortsa."

Ag an bpointe sin, bhí na deora ag titim go fras síos aghaidh Róisín agus bhí a haghaidh scólta[129] leo. Thug Dónal ciarsúr[130] di. Thriomaigh sí a súile. Bhraith sí gur éist Dónal go géar léi agus gur thuig sé í. Bhí sé in ann cur síos a dhéanamh ar na rudaí a bhí ag dul ar aghaidh ina saol agus ina hintinn. Mhothaigh sí an bhá a bhí aige léi. Ba í sin an chéad uair a labhair sí le haon duine lasmuigh dá teaghlach féin faoi na fadhbanna a bhí ag dul in olcas go mall ó thosaigh sí ag freastal ar an ollscoil, fadhbanna a d'imigh ó smacht go hiomlán nuair a d'fhág a deirfiúr an teach baile anuraidh.

Thuig Róisín anois, agus í ag féachaint siar ar an gcéad chruinniú sin, gur geall le míorúilt é an tionchar a d'imir Dónal ar a saol. Bhuail sí leis uair sa tseachtain

129 Scól – *scald, redden*
130 Ciarsúr – *handkerchief*

ar feadh sé seachtaine ag an tús. Ina dhiaidh sin bhí seisiún comhairleoireachta foirmiúil ann nuair a bhí gá leis sin. Faoina chúram, d'fhoghlaim Róisín nár ghá di dul abhaile gach aon deireadh seachtaine ag iarraidh fadhbanna an teaghlaigh a réiteach.

"Is é sin stáisiún do mháthar," a dúirt Dónal de ghlór séimh tuisceanach.

"Tá do shaol féin agatsa. Tabhair tacaíocht do do mháthair agus glaoigh uirthi go rialta, ach ní tusa a fuascailteoir[131]. Ná cuir do shaol amú le buairt faoi chúinsí[132] nach féidir leat a athrú. Tá gach duine freagrach as a roghanna féin."

Mhol Dónal di spraoi a bhaint as an saol. Thug sé straitéisí di chun an sprioc sin a bhaint amach – fiche nóiméad a chaitheamh ag déanamh míúine[133] gach maidin; dialann a choinneáil nuair a mhothaigh sí go raibh gruaim ag teacht uirthi; éisteacht le ceol; dul amach lena cairde, ceol a sheinm leo; agus gan labhairt an iomarca faoi na cúinsí baile. Ba straitéisí maithe iad. Cé gur bhuail an duairceas í ó am go chéile, ba chinnte, le cúpla mí anuas, nach raibh sí chomh buartha agus a bhíodh sí sular labhair sí le Dónal.

Ach anocht, agus í ina suí sa chistin bheag, bhí sí ag sileadh na ndeor arís. Céard a tharlódh anois? Bhí a máthair tar éis teach an teaghlaigh a fhágáil. An raibh a máthair ceart go leor? Céard faoina hathair, bhí sé tréigthe ina aonar, céard a dhéanfadh sé? Céard faoin deireadh seachtaine? An rachadh sí go dtí a hathair nó

---

[131] Fuascailteoir – *redeemer*

[132] Cúinse – *circumstance*

[133] Míúin – *meditation*

go dtí an teach beag samhraidh ina raibh a máthair anois? Bhí gach rud in aimhréidh[134].

Tharraing sí líne sa dialann i lár an leathanaigh. Ar thaobh amháin, chuir sí liosta de rudaí a tharla i rith an lae a raibh sí buíoch astu. Ar an taobh eile den líne rinne sí liosta de na rudaí a bhí ag déanamh imní di. Scríobh sí paidir ag bun an leathanaigh:

A Dhia, coinnigh Mom faoi do chúram. Go raibh maith agat as na beannachtaí a thug tú dom inniu – an choinne le Dónal, an céilí, an ceol agus Colmán. Cabhraigh le Daid a admháil go bhfuil fadhb aige, ná lig d'aon rud tarlú dó agus é ina aonar.

Dhún sí a súile agus dúirt sí "Ár nAthair" amháin. D'oscail sí a cuid súl arís. Ní fhéadfadh sí leanúint ar aghaidh lena paidreacha. Bhí focail ina haigne á crá, b'fhocail iad a bhí cloiste go minic aici agus í ag canadh ag bainisí éagsúla le bliain anuas:

"…an ní a cheangail Dia, ná scaoilfeadh duine é..."

Céard a chiallaigh na focail sin? Ar chóir do dhuine fanacht i bpósadh a bhí tar éis sláinte agus sábháilteacht an duine a chur i mbaol? Bhí a cuid mothúchán athraithe arís. Fearg a bhí uirthi anois. Fearg lena hathair agus le Dia. Cén fáth nach raibh saol simplí aici? Cén fáth a raibh uirthi an t-ualach seo a iompar? Cén fáth nach bhfuair sí athair a thabharfadh aire di? An raibh cuid den locht uirthi féin? Bhí ualach ceisteanna agus smaointe ina luí go trom uirthi.

---

134 In aimhréidh – *entangled, ravelled*

Shiúil sí trasna na cistine agus sular chuir sí an raidió ar siúl, chinntigh sí go raibh an raidió tiúnta leis an stáisiún ceart. Bhí de nós aici féin agus ag Órfhlaith éisteacht le *Lyric FM* ach b'fhearr le Caitlín a bheith ag éisteacht le *2FM*. D'aithin Róisín an píosa ceoil de chuid Mozart a bhí á chraoladh agus mhothaigh sí, láithreach, go raibh frásaí éadroma an cheoil ag ardú na buartha óna croí, mar a bheadh máthair ag ardú páiste leochaileach ón gcliabhán.

D'fhéach sí arís ar an leathanach os a comhair agus chuimhnigh sí go raibh go leor dea-dhaoine ina saol ag tabhairt aire di. Lig sí osna aisti. Tháinig focail Dhónail isteach ina ceann:

"Beidh gach rud go breá, na rudaí a bhfuil tú buartha fúthu, gach seans go dtitfidh siad amach ach ní haon chúis imní iad.

Gheobhaidh tú an neart agus an cumas chun déileáil leo. Coinnigh do mhisneach. Ná bac le 'cén fáth?'"

Thóg sí a dialann agus scríobh sí an méid sin síos.

Ag a dó a chlog, mhúch sí an raidió, dhún sí an dialann agus thug sí an dialann agus a fón póca léi suas staighre. Réitigh sí í féin don leaba. Agus í ina suí ar cholbha[135] a leapa, thóg sí suas a guthán póca arís chun an t-aláram a chur ar siúl don mhaidin agus thug sí faoi deara gur tháinig téacs isteach gan fhios di.

"E va, a Ró. Túr aire. C[136]"

---

135 Colbha – *edge*

136 E va, a Ró. Túr aire. C – Oíche mhaith, a Róisín. Tabhair aire. Colmán.

Bhí sé ródhéanach freagra a chur ar ais chuige, ach thóg téacs Cholmáin cuid den doilíos[137] óna croí. Bhí a fhios aici gurbh annamh a chuir Colmán téacsanna chuig aon duine. Shíl na daoine eile sa bhliain go raibh sé an-seanfhaiseanta. Fiú an nós sin a bhí aige túslitir[138] a ainm a chur ag deireadh gach téacs. Dá bhrí sin, cé nár chuir sé ceist ar bith uirthi ní ba luaithe, bhí a fhios ag Róisín gur thuig sé go raibh rud mór ag titim amach ina saol.

137 Doilíos – sorrow, *melancholy*

138 Túslitir – *initial*

Caibidil 4

BAILE

Dhúisigh Róisín de phreab ar a sé a chlog an mhaidin dár gcionn. Céard a dhúisigh í? Níor thóg sé ach cúpla soicind do na cuimhní ar fad teacht ar ais chuici ina dtuile[139]. Mhothaigh sí snaidhm[140] ina bolg.

D'éirigh sí agus chuir sí a héadaí spóirt uirthi féin. Chuaigh sí amach le haghaidh siúlóide. Rinne sí iarracht uair an chloig d'aclaíocht a dhéanamh gach lá, níorbh aon ionadh é go raibh sí chomh caol le muineál eala[141], ach níor nós di a bheith amuigh chomh luath leis seo de ghnáth.

Duine ná deoraí[142] ní raibh le feiceáil. Bhí sé ní ba dhorcha agus, dá bhrí sin, ní b'fhuaire ná laethanta eile. Shiúil sí ar luas tapa le cuisle[143] cheol éadrom *One Direction* a bhí roghnaithe aici ar a h*ipod*. Choinnigh an ceol a hintinn ó smaointe faoin mbaile agus d'ardaigh sé a spiorad beagán.

---

[139] Tuile – *flood*

[140] Snaidhm – *knot*

[141] Chomh caol le muineál eala – *as thin as a swan's neck*

[142] Duine ná deoraí – *not a person nor an exile, not a soul*

[143] Le cuisle – *with the pulse*

Rinne sí ciorcal iomlán trí shráideanna cúnga thuaisceart na cathrach, i dtreo na farraige, agus ar ais trí Pháirc Fhionnradhairc a raibh duilleoga na gcrann ar dhath órdhonn[144] ag titim ar an móinéar[145] inti, duilleoga a bhí chomh lonrach[146] le feileastram[147] dearg an Neidín i moch-ghrian[148] na maidine. Cé go raibh codanna den cheantar salach agus anordúil[149], fós, thaitin an chuid sin den chathair go mór léi.

Smaoinigh sí ar an sceideal a bhí os a comhair amach don lá. Bhí dhá léacht aici ar maidin agus tar éis an tsosa bhí léacht san Fhorbairt Ghairmiúil[150] aici. Bhí socrú déanta aici leis an triúr eile go mbuailfeadh sí leo ar a trí a chlog, ach bhí cinneadh déanta aici anois dul abhaile go Ciarraí. Bheadh go leor ama acu an tseachtain seo chugainn chun ullmhú don socrúchán scoile. Rachadh sí ar an traein ó Heuston ar a trí a chlog. Bheadh uirthi athrú go traein eile i Mala ach ba chuma léi faoi sin. Ghlaofadh sí ar a máthair ní ba dhéanaí chun síob a eagrú ón stáisiún i gCill Airne go dtí an Neidín. Nó, dá mbeadh fadhb leis sin, bhí go leor airgid aici do thacsaí. Fuair an grúpa ceoil íocaíocht mhaith don bhainis dheireanach a rinne siad agus chríochnaigh sí cúpla aistriúchán mór ag deireadh an tsamhraidh a thug airgead isteach.

---

144 Órdhonn – *golden-brown*
145 Móinéar – *meadow*
146 Lonrach – *bright, shining, luminous*
147 Feileastram dearg – *montbretia*
148 Moch-ghrian – *early sun*
149 Anordúil – *disorderly, chaotic*
150 Forbairt Ghairmiúil – *Professional Development*

LEABHARLANN CO. CHILL DARA

Nuair a shroich sí an teach arís, bhí fuinneamh mór faighte aici ón tsiúlóid ach chonaic sí sa scáthán[151] go raibh an tuirse fós le feiceáil ar a haghaidh bhán ghléigeal. Thóg sí cith folctha agus bhraith sí gur chuir sé sin an dath ar ais ina leicne. Agus í ag feitheamh ar an gciteal, chuir sí téacs chuig Colmán.

"GRMA. Feicfidh mé thú ar a 9."

Laistigh de nóiméad bhuail an guthán. D'fhreagair sí é. Colmán a bhí ann.

"Móradh duit ar maidin," ar seisean.

"Tá tú i do shuí go moch! Táimse chun bricfeasta a fháil i mbialann an Choláiste roimh an léacht. An raibh do bhricfeasta agatsa?"

"Ní raibh go fóill. Tá an citeal ar siúl agamsa anseo," a d'fhreagair Róisín agus í ag tógáil babhla ildaite[152] amach as an gcófra chun é a líonadh le calóga arbhair[153].

"Ná bac leis an gciteal. Tar in éineacht liomsa chuig an mbialann. Rachaidh mé isteach an treo sin agus buailfidh mé leat ag do dhoras i gceann deich nóiméad. Beidh mé ag rothaíocht."

"Ceart go leor!" arsa Róisín ag cur an bhabhla ar ais sa chófra.

"Ach tabhair fiche nóiméad dom, caithfidh mé mo chuid gruaige a thriomú[154] ar dtús!"

---

[151] Scáthán – *mirror*

[152] Babhla ildaite – *multi-coloured bowl*

[153] Calóga arbhair – *cornflakes*

[154] Triomaigh – *dry*

"Go breá. Beidh mé ag do dhoras ag ceathrú chun a hocht. Slán go fóill!"

Folt ciardhubh[155] ag titim síos ar a guaillí[156] a bhí ag Róisín. Choinnigh sí go néata slachtmhar é i gcónaí agus cé gur nós di deich nóiméad a chaitheamh á chóiriú leis an ngléas gruaige *GHD*[157], bhí uirthi í a réiteach go tapa inniu agus í ag faire ar an gclog.

Chuaigh sí amach agus bhain sí an glas dá rothar. Bhailigh sí a mála agus a cuid eochracha sular chuala sí rothar Cholmáin. Bhí sé ag teacht anuas go gealgháireach[158] le fána na sráide[159]. Cé go raibh sé níos mó ná daichead bliain d'aois, shíl Róisín go raibh croí éadrom buachalla ann fós.

"Nóiméad amháin, a Cholmáin! Caithfidh mé glas a chur ar an doras!"

"Tóg go bog é! Níl aon deifir! Táim stiúgtha leis an ocras[160] ach fanfaidh mo bholg cúpla soicind eile!"

Chonaic sí meangadh gáire ag sleamhnú thar a bhéal. Thóg sí a rothar, d'fhéach sí ar Cholmán sna súile go tapa, bhí a chuid seafóide tar éis meangadh a chur ar a béal féin.

Fiche nóiméad ní ba dhéanaí, bhí siad ina suí go ciúin sa bhialann ag ól tae agus ag ithe uibheacha scrofa[161] le tósta nuair a tháinig Pól agus Aisling isteach, droch-

---

155 Folt ciardhubh – *jet black hair*

156 Gualainn – *shoulder* (guaillí – *shoulders*)

157 Gléas gruaige *GHD* – *GHD hair straightener*

158 Gealgháireach – *happily, cheerfully*

159 Fána na sráide – *downward slope of the street*

160 Stiúgtha leis an ocras – *starved with the hunger*

161 Uibheacha scrofa – *scrambled eggs*

chuma ar an mbeirt acu. Bhí bearradh[162] de dhíth ar Phól agus shílfeá nár chodail Aisling ar chor ar bith toisc dath dearg a bheith ina súile. Dríodar an óil[163] a bhí orthu agus iad ag súil leis go dtógfadh bia friochta na bialainne cuid de phian an phóit[164] óna gceann.

"Cár imigh sibhse aréir?" a d'fhiafraigh Pól díobh. "Chaill sibh seisiún iontach... fleá, fíon agus féasta!"

"'Sea!" arsa Aisling, "Bhí grúpa ceoil iontach sa Chonradh ó Choláiste na hOllscoile Bhaile Átha Cliath... A Ró, a chroí, an bhfuil tú ceart go leor? Tá tú chomh bán le sneachta!"

D'fhonn Róisín a shábháil, d'fhreagair Colmán le diabhlaíocht[165] ina ghlór agus geáitsí[166] á ndéanamh aige, a shúile dúnta agus lámh aige ar a chlár éadain[167] amhail is go raibh a cheann ag scoilteadh[168].

"Nach rabhamar amuigh aréir, in ainm Dé, bígí cneasta linn!"

Ansin, chaoch sé súil le Róisín agus thosaigh an bheirt eile ag gáire go croíúil. Thaitin sé leo i gcónaí nár ól Colmán ach go raibh sé breá in ann a bheith ag magadh faoi féin san am céanna. Fuair Pól agus Aisling a gcuid bia agus d'fhill siad chuig bord na beirte eile.

"Leaids! Bhí smaoineamh iontach agam don tionscadal[169]!" arsa Pól.

---

162 Bearradh – *shave*
163 Dríodar an óil – *hangover*
164 Póit – *hangover*
165 Diabhlaíocht – *devilment*
166 Geáitse – *gesture, antic*
167 Clár éadain – *forehead*
168 Ag scoilteadh – *splitting*
169 Tionscadal – *project*

"A, a Phóil! Tá sé róluath ar maidin le bheith ag caint faoin socrúchán scoile," arsa Aisling go grod[170].

"Nach mbeimid ag bualadh lena chéile ar a trí chun gach rud a eagrú?"

"Ó! Mo mhíle leithscéal!" a d'fhreagair Róisín. "Ní féidir liomsa a bheith ag an gcruinniú ar a trí. Caithfidh mé an traein a fháil abhaile. Brón orm ach níl neart agam air."

"'Bhfuil a fhios agaibh, cuirfimid an cruinniú ar athlá[171] go dtí an Luan," arsa Colmán go tuisceanach. "Ní bheidh aon duine timpeall na háite seo tráthnóna Dé hAoine ar aon nós."

"Cül!" a d'aontaigh Aisling. "Cén fáth ar eagraíomar cruinniú don Aoine? Bhí sé chomh hamaideach sin! Ní bhíonn mac léinn ar bith ag obair tráthnóna Dé hAoine!"

"D'eagraíomar cruinniú don Aoine toisc go mbeimid an-ghnóthach i rith na seachtaine seo chugainn ag ullmhú don socrúchán scoile," arsa Pól ar bhealach tromchúiseach[172].

"Ó mo Dhia! Tá tú chomh huaillmhianach![173] Ná bí ag cur struis orainn!" arsa Aisling leis. "Más mian leatsa cruinniú a bheith agat leat féin ar a trí a chlog inniu, ar aghaidh leat!"

Cheap Róisín go raibh Aisling saghas cantalach[174] ar maidin agus go raibh uaillmhian ródhíograiseach Phóil

---

170 Go grod – *abruptly*
171 Ar athlá – *postpone/another day*
172 Tromchúiseach – *gravely, seriously*
173 Uaillmhianach – *ambitious*
174 Cantalach – *cranky*

ag cur isteach uirthi arís. Oíche amháin, agus Aisling leath ar meisce, labhair sí go hoscailte le Róisín faoina gcaidreamh. Tháinig focail Aislinge ar ais chuig Róisín:

"Bíonn sé i gcomórtas le gach duine an t-am ar fad! Ag iarraidh gabháil lastuas[175] fiú dá chairde! An t-aon rud a shásaíonn é ná a bheith ag barr an ranga agus an bua a fháil in aon rud a thugann sé faoi. Comórtas mór is ea an saol dó"

"Dé Luain ar a haon déag, más ea," arsa Pól go géilliúil. Ba léir dó gurbh éigean dó a chuid pleananna a chur ar athlá. Ba léir do Róisín gur éist Pól i gcónaí le hAisling agus cé gur chuir a thiomantas[176] isteach uirthi anois is arís, ar an iomlán, bhí siad go maith le chéile. Bhí Aisling in ann Pól a shuaimhniú i gcónaí.

"Ceart go leor, beidh sé sin foirfe," arsa Róisín agus d'aontaigh an bheirt eile.

An tráthnóna sin, nuair a bhain Róisín stáisiún traenach Chill Airne amach bhí a máthair agus Máire, a deirfiúr, ann roimpi. Agus iad ag tiomáint chuig an teach samhraidh sa charr, bhí idir chiúnas agus dhuairceas. Chuir Róisín in iúl go dtabharfadh sí gach tacaíocht dá máthair agus gur shíl sí go raibh an rogha cheart déanta aici.

Bhain siad an teach samhraidh amach. Chuaigh an triúr acu isteach go ciúin agus rinne Róisín agus Máire tae agus ceapairí. Shuigh an triúr síos. Agus iad ag ithe agus ag ól thosaigh Máire ag insint gach rud faoin tseachtain do Róisín.

---

175 Ag gabháil lastuas de – *getting better than*

176 Tiomantas – *dedication*

"Tháinig mé isteach Dé Céadaoin agus an chistin trína chéile, cathaoir bhriste amháin bunoscionn, cathaoir eile amhail is go raibh sé caite le foréigean i gcoinne an tsoirn[177], pláta i smidiríní[178] ar an urlár. Bhí Daid laistigh den doras. Bhí sé an-chiúin agus ní raibh Mom le feiceáil in áit ar bith. D'fhiafraigh mé de 'Cá bhfuil Mom?' Níor fhreagair sé mé. Chuardaigh mé an teach agus níor tháinig mé ar Mhom. Chinn mé go gcuirfinn fios ar na gardaí. Mhínigh mé an scéal don bhangharda a d'fhreagair an guthán. Dúirt sí go mbeadh Garda ag an teach laistigh de leathuair an chloig."

D'ól Máire braon eile óna muga tae agus lean sí ar aghaidh lena cur síos. Bhí Róisín ag éisteacht go cúramach le gach focal.

"Ansin smaoinigh mé ar an ngairdín," arsa Máire. "Chuaigh mé suas ar na céimeanna isteach sa ghairdín, trí na ceapóga[179] bláthanna agus trasna an phaitió. Ní raibh tásc ná tuairisc[180] ar Mhom. Shiúil mé chomh fada leis an tseid ag barr an ghairdín agus d'oscail mé an doras agus bhí Mom ansin agus í ar crith le heagla."

"'A Mháire, a stóir!' a dúirt sí liom de ghuth creathánach.

"'A Mhom!' arsa mise léi, 'Ó buíochas le Dia go bhfuil tú ceart go leor! Chuir mé glao ar na Gardaí agus beidh siad anseo gan mhoill. Nílimid chun glacadh leis seo a thuilleadh. Tar anuas in éineacht liomsa.'

---

177 Sorn – *oven, furnace*

178 Smidiríní – *smithereens, little bits*

179 Ceapóga – *little plots, beds (flower beds)*

180 Tásc ná tuairisc – *not a trace, no tidings*

Nuair a shroicheamar an chistin bhí Garda ann romhainn ag caint le Daid. Cheistigh sé é faoin gcruth a bhí ar an gcistin agus faoin gcathaoir bhriste i lár an tseomra. Ansin chas sé ar Mhom.

"'An bhfuil tú gortaithe?' ar seisean.

"'Níl,' ar sise.

"Bhreac an garda ard maorga[181], cúpla nóta ina leabhar nótaí. Thug sé foláireamh[182] do Dhaid agus mhol sé dó coinne a dhéanamh leis an dochtúir.

"'Caithfidh tú srian[183] a chur le do chuid feirge nó beidh orainn tú a ghabháil[184]. An dtuigeann tú?' arsa an Garda.

"'Tuigim, a Gharda,' ar seisean go cúirtéiseach[185] séimh.

"Nuair a bhí an Garda imithe, d'fhéach Daid orm go bagartha[186].

"'Náirigh[187] tú sinn os comhair an tsaoil' a dúirt sé liom le nimh mhilleánach[188] ina ghuth.

"D'fhreagair mise go mall sollúnta[189]:

'Tusa atá tar éis náire a tharraingt orainn!

"Leis sin, sheas Daid. D'fhéach sé orm agus chonaic mé loinnir fheirge[190] ina shúile agus shiúil sé amach as an teach.

---

181 Maorga – *majestic*
182 Foláireamh – *warning*
183 Srian – *limit, curb*
184 Gabh – *arrest*
185 Cúirtéiseach – *courteously*
186 Go bagartha – *threateningly*
187 Náire – *shame, disgrace*
188 Nimh mhilleánach – *blaming poison*
189 Go mall sollúnta – *slowly and solemnly*
190 Loinnir fheirge – *light of anger*

"D'fhan mé sa bhaile an oíche sin agus chodail Mom i do leaba, a Róisín, sa seomra liom. Chuala mé Daid ag filleadh thart ar mheán oíche, ach bhí doras ár seomra faoi ghlas agam agus nuair a rinne sé iarracht é a oscailt níor éirigh leis. Chuala mé é ag eascainí[191] taobh amuigh ach d'imigh sé nuair nach bhfuair sé aon fhreagra.

"An mhaidin dár gcionn, bhí orm imeacht go moch chuig an obair ach níor imigh mé go dtí go raibh a fhios agam go raibh Daid imithe romham. Chuir mé glao ar ionad oibre Mhom agus dúirt mé le saoiste[192] Mhom nach mbeadh ar a cumas a bheith i láthair an lá sin. Gheall mé do Mhom go mbeinn ar ais sula bhfillfeadh Daid ón obair. Nuair a d'fhill mé an tráthnóna sin bhí a cuid málaí pacáilte ag Mom agus bhí cinneadh déanta aici imeacht ó Dhaid."

"Bhí Mom an-chróga," arsa Róisín go ciúin.

"Tá a fhios agam, a Róisín, go ndearna Mom rud cróga, rud as an ngnáth agus nár tharla sé seo riamh roimhe seo. Ar dtús, mhol mé di gurbh fhearr di fanacht i dteach an teaghlaigh. B'fhearr, dar liom, ordú urchoisc[193] a fháil i gcoinne Dhaid. Is dlíodóir[194] í cara dom agus tá cloiste agam go minic faoina thábhachtaí agus atá sé fanacht i dteach an teaghlaigh. Nuair a luaigh mé é sin le Mom dúirt sí nach bhféadfadh sí é a fhágáil gan dídean. Ar a laghad tá deirfiúracha agus tuismitheoirí aicise, níl ach

[191] Ag eascainí – *cursing*
[192] Saoiste – *boss*
[193] Ordú urchoisc – *barring order*
[194] Dlíodóir – *lawyer*

deartháir amháin aige siúd, mar is eol duit, agus tá cónaí air i gContae an Chláir.

"Ghlaoigh mé ar ár n-aintín, Síle. Bhuail sí linn anseo, ag an teach beag seo. An cuimhin leat an uair a cheannaigh sí é?"

"Is cuimhin liom í go maith, a Mháire. Blianta an Tíogair Cheiltigh. D'íoc sí praghas an-ard ar an áit," arsa Róisín.

"Ar aon nós, bhí áthas an domhain ar Shíle, ar ndóigh, go raibh Mom tar éis Daid a fhágáil faoi dheireadh... Sin mar a tharla sé a Róisín. Ní dóigh liom go bhfuil aon ní fágtha amach agam."

"Go raibh maith agat, a Mháire," a d'fhreagair Róisín go ceanúil, "bhí seachtain an-deacair agat féin agus ag Mom."

Bhí oíche agus adhmhaidin[195] aisteach ag Róisín lena máthair agus le Máire sa teach samhraidh. Chodail Róisín ar an urlár sa seomra ina raibh Máire agus chodail a máthair sa seomra eile.

Tráthnóna Dé Sathairn, thug Máire síob abhaile chuig a hathair do Róisín. Ní rachadh Máire isteach chuig an teach. Bhí a fhios aici go mbeadh a hathair fós ar buile léi mar gheall ar an nglao a chuir sí ar na Gardaí. Chuaigh Róisín isteach agus bhí a hathair ina shuí sa chlapsholas[196]. Bhí an seomra suite an-fhuar. Bheannaigh sí dó. D'fhreagair sé le ceisteanna.

"Cá bhfuil do mháthair? Cathain a bheidh sí ag teacht abhaile?"

---

[195] Adhmhaidin – *early morning*

[196] Clapsholas – *twilight*

"Ní bheidh sí ag teacht abhaile an uair seo, a Dhaid. Lasfaidh mé an tine duit. Tá sé an-fhuar sa seomra seo," arsa Róisín.

"Abair léi teacht abhaile," ar seisean go hachainíoch[197].

Mhothaigh sí idir ghráin agus ghrá dó. Chuir a chuid féintrua[198] déistin uirthi agus, san am céanna, theastaigh uaithi é a chumhdach[199] le cion.

"Ní déarfaidh mé tada léi. Idir tú féin agus Mom atá sé anois."

Fuair sí buicéad. Líon sí é le luaithreach[200] na tine. Bhraith sí gur chuir an ciúnas gruama leis an bhfuacht. Fuair sí sean-nuachtáin agus roinnt cipíní[201] sa chófra. Las sí na nuachtáin agus ansin chuir sí cúpla píosa de ghual ar an mbarr. Bhain fuaim na tine oscailte cuid den chiúnas ón aer agus théigh[202] sí an seomra. Ba mhinic a chuala sí a seanmháthair ag rá gur chomhluadar maith í an tine. Thuig sí é sin inniu. Shuigh sí síos ansin cois tine agus chuir sí an teilifís ar siúl. D'fhéach sí ar an nuacht agus ar thuar na haimsire[203] lena hathair.

"Beidh sioc ann anocht de réir dealraimh," ar sise.

Freagra ar bith níor thug sé, ach, shuigh sé sa chathaoir, a cheann faoi in ísle brí[204]. D'fhéach sí ar a huaireadóir. A seacht a chlog, bheadh Máire ar ais agus ag feitheamh uirthi lasmuigh.

---

197 Go hachainíoch – *pleadingly*
198 Féintrua – *self-pity*
199 Cumhdach – *cover, protection*
200 Luaithreach – *ashes, dust*
201 Cipín – *little stick*
202 Téigh – *heat, warm*
203 Tuar na haimsire – *weather forecast*
204 In ísle brí – *down in the dumps, enfeebled*

"Caithfidh mé imeacht anois, a Dhaid. Tabhair aire agus cuir glao orm má bhíonn aon ní de dhíth ort," arsa Róisín.

"Cén fáth nach bhfanann tú anseo?" ar seisean go borb agus é ag stánadh go cúisitheach[205] uirthi.

"Ní féidir liom anocht, a Dhaid, ach beidh mé ar ais arís i gceann coicíse agus seinnfimid cúpla port ansin. Cá bhfuil do bhosca ceoil?"

"D'fhág mé an bosca ceoil amuigh sa charr. Ní féidir liom é a sheinm."

"Bhuel! Tá súil agam go mbeidh tú in ann é a sheinm liom i gceann coicíse. Tabharfaidh mé an fheadóg liom an lá sin!"

Óna hathair a fuair Róisín bua an cheoil. Cheap sí i gcónaí gurbh é an ceol an t-aon rud a thug a hathair slán ón lionn dubh[206] a bhí á chrá. Ní raibh amhras ar bith uirthi anois... bhí dúlagar[207] air arís. B'ansin a chuimhnigh sí ar an gcoinne a rinne sí dó.

"Ó! Agus ná déan dearmad ar an rud a luaigh mé leat ar an bhfón! Chuir mé glao ar an Dr Ó Crualaoich. Beidh sé ag súil leat ar a ceathair a chlog Dé Máirt seo chugainn. Tá an choinne déanta duit."

"Nílimse ag dul chuig an dochtúir!" arsa a hathair go ceanndána.

"Tá an choinne déanta anois agus beidh sé ag súil leat," arsa Róisín. Chuaigh sí anonn chun barróg a thabhairt dó ach d'ardaigh sé a lámh agus bhrúigh sé uaidh í.

---

[205] Go cúisitheach – *accusatively*

[206] Lionn dubh – *melancholy, dark humour, depression*

[207] Dúlagar – *depression*

"Oíche mhaith, a Dhaid. Cuirfidh mé glao ort i rith na seachtaine."

Os cionn an mhatail, bhí seilf bheag adhmaid, agus d'fhág sí barra seacláide ansin dó. "*Golden Crisp*", an tseacláid ab fhearr leis.

Bhí Máire ag feitheamh uirthi sa charr lasmuigh.

"Conas atá Daid?" ar sí. "Cuireann sé ar mire mé, ach tá grá agam dó freisin."

D'fhéach Róisín uirthi. Bhí Máire spíonta[208] i ndiaidh gach rud a tharla, ach bhí brón le feiceáil ina súile freisin. Bhí sí buartha faoi Dhaid.

"Tuigim," arsa Róisín. "Tá droch-chaoi air. Tá sé ina shuí ansin. Níl suim aige in aon ní. Ba mhaith leis go dtiocfadh Mom ar ais. Níl a fhios agam cad a tharlóidh."

Lig Máire osna aisti.

D'fhéach Róisín trí fhuinneog an chairr isteach sa dorchadas lasmuigh. Ní dúirt sí le Máire é, ach bhí sí buíoch go raibh de neart aici a bheith láidir agus bhí sí buíoch, freisin, nár bhris sí síos os comhair a hathar.

[208] Spíonta – *exhausted*

Caibidil 5

SOCRÚCHÁN SCOILE

Bhí Róisín, Máire agus Mom ina suí ar an mballa ar chúl an tí shamhraidh faoi ghrian na maidine.

"A Róisín, agus a Mháire, tá sibh go hiontach," arsa Mom. "Tá sibh tar éis an-chabhair a thabhairt dom."

Bhí tocht le cloisteáil ina glór. Bhí sí croíbhriste traochta. Ansin chroith sí í féin agus rinne sí miongháire.

"An fear bocht sin, bhur nDaid. Tá sé leis féin," ar sise.

Dar le Róisín, ba dhuine uasal í a máthair a raibh teacht aniar[209] dochreidte inti. Ní raibh aithne ag Róisín ar aon duine eile a bhí in ann maithiúnas[210] a thabhairt mar a rinne a máthair. Léirigh sí grá i gcónaí in am na hanachaine[211].

"A Mhom," arsa Róisín, "i ndiaidh na n-íobairtí[212] go léir a rinne tú ar ár son thar na blianta, is beag an méid atá déanta againn. D'fhan tú i gcúinsí deacra ar feadh

---

209 Teacht aniar – *resilience*

210 Maithiúnas – *forgiveness*

211 Am na hanachaine – *time of hardship*

212 Íobairt – *sacrifice*

seacht mbliana is fiche chun gnáthshaol socair a thabhairt dúinne. Ní dóigh liom go mbeinn féin in ann cur suas lena leithéid."

"Ní dóigh liom go mbeinn féin in ann dó ach oiread," arsa Máire.

"A, a chailíní, bhí laethanta geala ann chomh maith, ach nuair a thagann fearg ar bhur nDaid... ní hé sin an fear a phós mé... pé rud a bhí eadrainn, tá sé briste anois."

Cúpla uair, roimhe sin, chuala Róisín a máthair ag gol go ciúin, ach ba léir do Róisín go raibh athrú tar éis teacht ar a máthair anois. Bhí misneach[213] neamhghnáthach éigin faighte aici. Bhí cinnteacht[214] agus diongbháilteacht[215] inti.

"Tá tú ag scaradh le Daid, mar sin," arsa Máire.

"Tá, a Mháire, tá mé chun é a thabhairt chun críche an uair seo," arsa Mom.

Thug an chinnteacht, i nguth a máthar, muinín inmheánach do Róisín. Bhí a fhios aici anois go mbeadh a máthair ceart go leor.

Tráthnóna Dé Domhnaigh, shocraigh Máire go bhfillfeadh sí ar a hárasán féin lasmuigh de bhaile Chill Airne. Thairg sí síob do Róisín chuig an stáisiún traenach agus ghlac Róisín leis an tsíob.

Agus iad ag teacht isteach chuig an stáisiún thiontaigh Róisín agus dúirt:

---

213 Misneach – *courage*

214 Cinnteacht – *certainty*

215 Diongbháilteacht – *steadfastness, decisiveness*

"A Mháire, tá tú cróga. Rinne tú an rud ceart. Níl a fhios agam an ndéanfainn an rud a rinne tú nuair a ghlaoigh tú ar na Gardaí. Ba mhinic mé ar tí[216] an rud ceannann céanna a dhéanamh thar na blianta ach bhíodh imní orm roimh Dhaid i gcónaí."

"Ach, a Róisín, táim an-bhuartha faoi," arsa Máire.

"Tá a fhios agam, a Mháire, táimid ar fad buartha faoi, ach ar a laghad tá Mom slán anois agus coinneoimid teagmháil rialta leis."

"Beidh cás cúirte ann, a Róisín," arsa Máire.

"Seans nach mbeidh. B'fhéidir go labhródh sé le hidirghabhálaí[217]."

Bhí a fhios ag Róisín ina croí istigh agus na focail sin á rá aici go raibh a hathair ró-cheanndána[218] chun dul trí phróiseas idirghabhálaithe, ach ba le teann dóchais[219] a dúirt sí é.

"Mairfimid ó lá go lá anois. Tabharfaimid aghaidh ar chúrsaí dlí nuair a thiocfaidh an t-am. Idir an dá linn, tabharfaimid aire dá chéile."

D'oscail Róisín doras an chairr, sheas sí, dhún sí an doras agus chrom sí le labhairt tríd an bhfuinneog.

"Go raibh míle maith agat as an tsíob, a Mháire, cuirfidh mé glao ort anocht agus feicfimid a chéile arís i gceann coicíse."

Shuigh Róisín in aice leis an bhfuinneog sa charráiste

---

216 Ar tí – *about to*

217 Idirghabhálaí – *mediator/intermediary*

218 Ceanndána – *headstrong, stubborn*

219 Le teann dóchais – *with sheer of hope*

leathdhéanach[220] ón gcúl. Den chéad uair le seachtain anuas, bhí deis aici machnamh a dhéanamh ar an socrúchán scoile. Thóg sí amach na scéimeanna a bhí scríofa aici don Ghaeilge agus don Cheol. Dhírigh sí a haigne go hiomlán ar an obair agus d'éirigh léi ceithre phlean ceachta a scríobh amach go garbh. Sular fhoghlaim sí cleachtadh na míúine ó Dhónal, ní bhíodh sí in ann díriú ar an obair agus rudaí trína chéile sa bhaile. Tríd an míúin, d'éirigh léi smacht a ghabháil ar a cuid smaointe agus ar a cuid mothúchán. Cé nár chleacht sí í ach ar feadh fiche nóiméad nach mór gach maidin, thug sí faoi deara go mbíodh éifeacht ag an míúin ar a saol ar fad. Inniu, bhí sí in ann an bhuairt a chur de leataobh agus neart[221] a léiriú in am na fulaingthe[222].

Fuair sí an *Luas* ó Heuston go dtí lár na cathrach agus ansin fuair sí "bus a haon, a dó, a trí" chuig an eastát tithíochta[223]. Bhain sí an teach amach agus bhí Caitlín agus Órfhlaith sa seomra suite ag féachaint ar an teilifís.

Bhí dráma nua Éireannach ar RTÉ agus thaitin sé go mór le Caitlín. Ag am an tsosa sa chlár, rinne Caitlín tae don triúr agus thug sí isteach chuig an seomra suite é ar thráidire[224]. Thóg Róisín paicéad de bhrioscaí amach as a mála, paicéad é a bhí ceannaithe aici sa siopa áitiúil ar a bealach ar ais.

"Bhuel, a Ró! Tá scéala ag Órfhlaith duit!" arsa Caitlín.

---

220 Leathdhéanach – *second last, penultimate*

221 Neart – *strength, fortitude*

222 Am na fulaingthe – *time of suffering*

223 Eastát tithíochta – *housing estate*

224 Tráidire – *tray*

"An bhfuil? Cén saghas scéala?"

"Bhuail sí le fear ó do Choláiste oíche Dé Sathairn."

"Ní chreidim thú! Cad is ainm dó?"

"Eoin Ó Dálaigh," arsa Caitlín. "'Bhfuil aithne agatsa air?"

Dhearg Órfhlaith. D'fhéach Róisín uirthi á ceistiú –

"Eoin na súile móra gorma? Eoin an ceoltóir? Sa Dara Bliain? Tá aithne mhaith agam air – leaid an-deas is ea é!"

D'fhéach siad ar an gcuid eile den dráma agus, ansin, d'fhan siad ina suí go dtí meán oíche ag caint faoi fhir, nó, i bhfocail Chaitlín, faoin "bhfear idéalach". I lár na cainte, thit néal[225] ar Róisín agus í ina suí ar an tolg. Dhúisigh sí go tobann tar éis cúpla nóiméad, ghuigh sí oíche mhaith ar na cailíní agus chuaigh sí suas staighre. Ní raibh mórán codlata faighte aici ón Déardaoin, ach chodail sí an oíche sin.

An lá dár gcionn, bhuail Róisín le Colmán, Pól agus Aisling. Ghlac siad d'aonghuth le tairiscint[226] Phóil don Tionscadal Grúpa Comhtháite[227]. Rinne siad socrú bualadh le chéile arís ar an Déardaoin chun na gnéithe éagsúla den tionscadal a thabhairt le chéile. Bheadh an tionscadal oiriúnach do na hardranganna agus is éard a bhí beartaithe[228] acu ná é a bhunú ar shaol agus ar shaothar an cheoltóra thraidisiúnta, Toirdhealbhach Ó Cearrbhalláin (1670-1738). Bheidís

[225] Néal – *nap, snooze*

[226] Tairiscint – *proposal*

[227] Tionscadal Comhtháite Grúpa – *Integrated Group Project*

[228] Beartaigh – *decide*

ag iarraidh ábhair éagsúla – Gaeilge, Ceol, Drámaíocht, Oideachas Sóisialta Imshaoil agus Eolaíochta[229] agus Teicneolaíocht an Eolais[230] – a nascadh le chéile. Bhí go leor taighde le déanamh roimh an Déardaoin.

Ghlac Pól freagracht as pictiúir d'Ó Cearrbhalláin a bhailiú agus bhí sé chun cuntas ar *Facebook* a oscailt in ainm Uí Chearrbhalláin. Dúirt Aisling go ndéanfadh sí taighde ar bheatha Uí Chearrbhalláin agus go gcuirfeadh sí an t-eolas in oiriúint do pháistí i gceacht drámaíochta. Dhéanfadh Colmán staidéar ar an tréimhse ama inar mhair an ceoltóir agus ar na heachtraí stairiúla eile a bhí ar siúl go náisiúnta agus go hidirnáisiúnta ag an am. Scríobhfadh sé ceacht staire (O.S.I.E.) bunaithe ar an eolas. Bhí sé de dhualgas ar Róisín samplaí de shaothar an Chearrbhalláinigh a bhailiú. Bhí áthas uirthi go bhfuair sí an ghné sin. Bhí cúig nó sé thiúin de chuid Uí Chearrbhalláin ar eolas aici agus bhí sí cinnte de go raibh ceol de chuid Uí Chearrbhalláin ar dhlúthdhiosca na hacmhainne[231], *Buntús Ceoil*. B'acmhainn scoile í sin a d'fhoilsigh *Gael-Linn* sa bhliain 2005 agus a bhí faighte aici mar bhronntanas breithlae óna deirfiúr. Chuala sí freisin, áit éigin, go raibh tionchar ag ceol barócach na hIodáile[232] ar cheol Uí Chearrbhalláin agus bhí sí ag súil go mór le heolas eile mar sin a aimsiú faoi gceoltóir dall. Thar

---

229 Oideachas Sóisialta Imshaoil agus Eolaíochta – *Social Scientific and Environmental Education*

230 Teicneolaíocht an Eolais – *Information Technology*

231 Acmhainn – *resource*

232 Ceol barócach na hIodáile – *Italian baroque music*

aon rud eile, áfach, bhí sí ag dréim[233] le port a aimsiú a bheadh oiriúnach don cheacht ceoil a bhí le scríobh aici. Bheadh sé tábhachtach, dar le Róisín, go dtabharfadh an port léargas éigin do na páistí ar an ról mór a bhí ag an gceol i saol an cheoltóra agus ar an tslí ar chabhraigh an ceol, agus cúnamh daoine eile, leis constaicí fisiceacha[234] a shárú.

D'aimsigh Róisín a cóip de *Buntús Ceoil* go héasca agus b'fhaoiseamh mór di é go raibh trí rian[235] ar an dlúthdhiosca le Ó Cearrbhalláin. Chiallaigh sé sin go raibh nótaí ceachta iontacha sa leabhar féin agus go mbeadh sí in ann ceacht d'ardchaighdeán a bhunú orthu. D'éist sí leis na trí rian le Ó Cearrbhalláin ar an dlúthdhiosca. "Mrs Cole", "Lady Dillon" agus "An Banphrionsa Ríoga" na hainmneacha a bhí orthu, ach cé go raibh siad ar fad séiseach[236], ní raibh sí róthógtha le haon cheann ar leith acu. Shocraigh sí go ndéanfadh sí seiceáil amháin ar líne, féachaint an dtiocfadh sí ar thiúin ar bith eile. Chuir sé ionadh uirthi go raibh an méid sin faoi Ó Cearrbhalláin ar fáil ar líne. Bhí idir nótaí ceoil agus nótaí beathaisnéise chomh maith leis na mílte sampla dá cheol ar *YouTube* a bhí á seinm ag grúpaí ceoil éagsúla. D'éist sí le fonn i ndiaidh foinn.

Ansin, tháinig sí ar theideal spéisiúil, "Slán le Ceol." De réir an scéil, bhí Ó Cearrbhalláin i dteach Mrs MacDermott Roe agus bhí sé ag saothrú an bháis[237].

---

233 Ag dréim le – *looking forward to, anticipating*

234 Constaicí fisiceacha – *physical obstacles*

235 Rian – *track*

236 Séiseach – *melodic*

237 Ag saothrú an bháis – *to be in the throes of death*

D'iarr sé ar dhuine a chláirseach a thabhairt chuige. Ba é seo an fonn deireanach a sheinn sé sula bhfuair sé bás. Is mar gheall air sin a thugtar "Slán Uí Chearrbhalláin leis an gCeol" air. D'éist Róisín leis an gceol, fonn mall mall ar chláirseach[238] agus ar fhliúit thraidisiúnta a bhí ann, ceol an-suaimhneach[239] ach dorcha agus taibhsiúil[240] san am céanna. Is cinnte go mbeadh sí in ann na páistí a spreagadh leis an bhfonn seo.

Chuir sí tús leis an bpleanáil. Scríobh sí "Plean Ceachta" ag barr an leathanaigh agus tar éis leathuair an chloig, bhí an ceacht iomlán scríofa faoin teideal aici. Rinne sí profú[241] ar an litriú agus ar an ngramadach. Ar an iomlán bhí sí sásta le toradh a cuid oibre[242].

Tráthnóna Déardaoin, chaith an ceathrar trí huaire an chloig sa seomra tionscadal ag bun na leabharlainne ag comhoibriú ar na ceachtanna agus á dtarraingt le chéile.

"Tá sé go breá anois," arsa Colmán. "Fágfaimid é mar atá sé anois agus ordóimid píotsa."

"D'fhéadfaimis an cur i láthair a fheabhsú go fóill!" arsa Pól.

"D'fhéadfaimis," arsa Aisling agus ba léir óna guth go raibh a foighne ag briseadh uirthi arís, "ach ní bheidh sé foirfe riamh agus tá go leor ama caite againn leis.

---

238 Cláirseach – *harp*

239 An-suaimhneach – *tranquil*

240 Taibhsiúil – *haunting, ghostly, spectral*

241 Profú – *proofing*

242 Mar áis don fhoghlaimeoir cuirtear an plean ceachta a scríobh Róisín ar fáil san Aguisín ag deireadh an úrscéil.

Cuir m'ainmse sa phota don phíotsa! Liamhás agus anann[243] a bheidh agamsa!"

"Beidh píotsa gan feoil agamsa," arsa Róisín, "agus tagaigí ar ais chuig mo theachsa chun é a ithe."

"Togha," a d'fhreagair Colmán. "Cuirfidh mé ordú isteach. Céard a bheidh agatsa, a Phóil?"

"Fan go bhfeice mé! Beidh sicín fulachta[244] agam agus deoch de shaghas éigin."

"Tá go leor deochanna boga sa chuisneoir againn sa bhaile," arsa Róisín.

Dá mba am eile den bhliain é b'fhéidir go n-ólfadh Pól agus Aisling buidéal fíona lena ndinnéar ach ba nós leo an t-alcól a sheachaint i gcónaí le linn na tréimhse scoile. Bhí an socrúchán scoile tábhachtach agus bhí marcanna le gnóthú.

Ní raibh siad sa teach ach cúpla nóiméad nuair a tháinig an píotsa. Chuir Róisín na gloiní agus na plátaí i lár an bhoird agus d'ith siad a sáith[245]. Bhí Colmán in ardghiúmar.

"Chonaic mé gur chuir tú aithne ar an leabharlannaí cúnta[246] nua inniu, a Phóil! Céard is ainm di?"

"Sophie," a dúirt Pól.

"Á, Sophí-a! Rinne sí an-fhreastal ortsa, a Phóil, ar aon nós!" arsa Colmán.

"Cén fáth nach ndéanfadh? Fear eolach cliste de mo leithéidse!" Chaoch Pól súil le hAisling.

---

[243] Liamhás agus anann – *ham and pineapple*

[244] Sicín fulachta – *barbecued chicken*

[245] D'ith gach duine a s(h)áith – *everyone ate their fill*

[246] Leabharlannaí cúnta – *assistant librarian*

Tháinig meangadh gáire leathan ar aghaidh Cholmáin agus ansin thosaigh sé ag gáire. Thaitin sé leis go raibh Pól in ann aisfhreagairt[247] thapa a thabhairt ar a chuid pleidhcíochta. Ansin, thug sé faoi deara go raibh Róisín imithe isteach sa chistin leis na soithí[248]. Lean sé í agus chabhraigh sé léi iad a chur sa mhiasniteoir[249].

Chuaigh siad ar ais go dtí an seomra suite, shuigh siad síos le Pól agus le hAisling agus thóg gach duine amach a n-uirlis cheoil. Chas siad leagan nua de "'Sé do Bheatha, a Mhuire" a bhí á chleachtadh acu don tSeirbhís Charúl a bheadh ar siúl sa Choláiste i Mí na Nollag. Ach in ainneoin go ndearna siad iarracht cúpla tiúin eile a sheinm, ní raibh fonn ceoil orthu i ndáiríre. Bhí siad ar fad ag smaoineamh faoin socrúchán scoile agus fonn cainte a bhí orthu. Lean comhrá groí[250]. Labhair siad faoi theagascóirí an tsocrúcháin scoile agus faoi na difríochtaí idir teagascóir amháin agus teagascóir eile. Labhair siad faoi na scoileanna ina mbeidís. Labhair siad faoi na hoícheanta fada ullmhúcháin agus faoin mbrú uafásach a bhí os a gcomhair amach. D'inis siad seanscéalta faoi eachtraí a tharla ar shocrúcháin eile.

Chuir Colmán gach duine ag gáire arís nuair a d'inis sé a scéal faoi eachtra a tharla ar a chéad shocrúchán scoile. Mhúin sé ceacht reiligiúin os comhair an teagascóra. Tábhacht na dílseachta[251] agus na

247 Aisfhreagairt – *reply*
248 Soithí – *dishes, vessels*
249 Miasniteoir – *dish-washer*
250 Groí – *strong, vigorous, hearty*
251 Dílseacht – *loyalty*

macántachta[252] a bhí mar "theachtaireacht reiligiúnach"[253] aige agus caidreamh na bpáistí lena gcuid peataí a bhí mar phointe tosaigh an cheachta. Bhí ag éirí go breá leis an gceacht agus ansin tháinig ceist chinniúnach[254] ó pháiste díograiseach.

"Conas a litríonn tú Tchaikovsky?"

Ní raibh a fhios ag Colmán agus in áit fhreagra mhacánta a thabhairt, d'fhreagair sé le ceist.

"Cén fáth a bhfuil tú ag iarraidh Tchaikovsky a litriú?"

"Is é sin an t-ainm atá ar mo chat!" arsa an páiste.

Rinne Colmán iarracht ainm an chumadóra a scríobh ar an gclár bán idirghníomhach[255] ach bhí a fhios aige nach raibh an litriú i gceart. Ag an seisiún aischothaithe[256] tar éis an cheachta, mhol an teagascóir dó a rá leis an bpáiste, dá dtarlódh a leithéid arís, nach raibh sé cinnte faoin litriú, agus go bhféadfadh an bheirt acu féachaint le chéile san fhoclóir nó ar an idirlíon chun an focal a aimsiú.

"Ní féidir a bheith ag caint le páistí faoi chúrsaí macántachta gan a bheith iomlán macánta tú féin!" Rinne Colmán aithris chruinn[257] ar an teagascóir agus cé go raibh an scéal cloiste ag an triúr eile na mílte uair, tharraing sé gáire croíúil astu arís.

D'fhéach Aisling ar a huaireadóir. Fiche tar éis meán oíche.

---

252 Macántacht – *honesty*

253 Teachtaireacht reiligiúnach – *religious message*

254 Cinniúnach – *fateful*

255 Clár bán idirghníomhach – *interactive white board*

256 Seisiún aischothaithe – *feedback session*

257 Aithris chruinn – *accurate mimicry*

"Ó, go bhfóire Dia orainn! Féach ar an am! Caithfidh mé imeacht! Tá an méid sin oibre le déanamh agam amárach! Ní fheicfimid a chéile arís, is dócha, go dtí Mí na Nollag. Go n-éirí linn go léir!" arsa Aisling agus í ag méanfach[258].

Sheas Pól suas. "Go n-éirí linn go léir! Tá súil agam go bhfuil go leor déanta againn ar an Aonad Comhtháite,[259]" ar seisean le buairt bheag ina ghlór.

"Tá an iomarca déanta againn air. Beidh sé go breá ar fad. Ar aghaidh linn!" arsa Aisling á stiúradh i dtreo an dorais.

D'fhéach sí ar ais i dtreo Cholmáin agus Róisín agus ghlaoigh sí de ghuth níos airde, "Feicfimid sibh, seolaigí go leor téacsanna!"

"Slán go fóill!" a d'fhreagair Róisín.

"Tógaigí go bog é!" a ghlaoigh Colmán.

Bhí an teach ciúin arís. Chuaigh Colmán ar thóir a chóta agus an fhillteáin a bhí ina lámha aige nuair a tháinig sé isteach. Ghabh sé buíochas le Róisín.

"Tabhair aire, a Ró. Beidh mé ag dul abhaile amárach agus ní bheidh mé ar ais roimh dheireadh na míosa."

Cheil[260] Róisín an tocht[261] a mhúscail focail Cholmáin inti agus d'fhág sí slán lena cara ar bhealach gealgháireach.

---

[258] Ag méanfach – *yawning*

[259] Aonad comhtháite – *integrated unit*

[260] Ceil – *hide*

[261] Tocht – *deep emotion*

"Glacaim leis go bhfuil d'fhoclóir cumadóirí[262] pacáilte agat, a Cholmáin! Slán go fóill agus go n-éirí leat!"

Bhí a fhios ag Róisín sular labhair Colmán nach mbeadh sé ar ais roimh dheireadh na míosa, ach bhí de nós aige rudaí a rá arís ar son na cúirtéise[263]. D'fhanfadh sé i Longfort ar feadh thréimhse iomlán an tsocrúcháin scoile, fiú ag an deireadh seachtaine. Bhí a fhios aici, freisin, go mothódh sí uaithi é – a ghreann agus a scéalta, go háirithe. Dá mbeadh sí in ann bualadh leis, fiú uair amháin sa mhí, ní bheadh an tréimhse chomh fada, ach ní fhéadfadh sí é sin a rá leis, bhí a chuid pleananna féin aige. De réir dealraimh, theastaigh uaidh éalú ón gcathair, theastaigh uaidh a bheith gar don bhaile. Níor thuig sí an tarraingt sin i dtreo an bhaile. Mhothaigh sí féin saor sa chathair. Theastaigh uaithi an chathair a thaiscéaladh[264]. Aon deireadh seachtaine a chaith sí i mBaile Átha Cliath, thaitin sé go mór léi cuairt a thabhairt ar na dánlanna[265] éagsúla agus ar na hiarsmalanna[266] éagsúla a bhí spréite soir siar ar fud na cathrach. Nuair a bheadh airgead ceart á thuilleamh aici, bhí sé i gceist aici freastal ar go leor ceolchoirmeacha sa Cheoláras Náisiúnta[267]. Cosúil leis an gceol, thug Baile Átha Cliath faoiseamh di ón bpian agus ó bhreithiúnas an phobail bhig[268].

---

262 Cumadóir – *composer*

263 Ar son na cúirtéise – *for the sake of courtesy*

264 Taiscéal – *explore*

265 Dánlann – *gallery*

266 Iarsmalann – *museum*

267 Ceoláras Náisiúnta – *National Concert Hall*

268 Breithiúnas an phobail bhig – *the judgement of the small community*

Caibidil 6

CEOL DON NOLLAIG

Ar a dó dhéag a chlog, ar an séú lá de Mhí na Nollag, bhuail an ceathrar le chéile i Séipéal an Choláiste do chleachtadh ceoil leis an gcór. Seachtain a bhí acu anois roimh Sheirbhís na Nollag. Ba léir go raibh Aisling agus Róisín tuirseach traochta tar éis na tréimhse scoile. Bhí ciorcail mhóra dhubha faoina súile ag Róisín agus bhí sí níos tanaí ná riamh. Bhí slaghdán ar Aisling agus bhí sí ag casachtach[269] agus ag sraothartach[270] gan stad. Dúirt Pól léi gur chóir di dul abhaile chuig a leaba ach theastaigh uaithi bualadh lena cairde agus níor mhian léi an spraoi iar-shocrúchán scoile[271] a chailliúint.

Bhí gleo mór sa séipéal. Bhí na baill den chór chomh bríomhar le cailíní scoile agus fuaim na n-uirlisí ceoil chomh callánach[272] le banna ceoil ag cleachtadh roimh cheolchoirm raic[273]. Tháinig an léachtóir ceoil isteach agus chiúnaigh an áit. In éineacht léi, bhí an

---

[269] Ag casachtach – *coughing*

[270] Ag sraothartach – *sneezing*

[271] Spraoi iar-shocrúchán scoile – *post school placement fun*

[272] Callánach – *noisy*

[273] Ceolchoirm raic – *rock concert*

séiplíneach agus beartán[274] de nótaí ina lámha aige.

"Tá sibh beo!" a dúirt Bríd Ní Ríordáin, an léachtóir ceoil, le miongháire ar a haghaidh. "Fáilte romhaibh ar ais! Áit an-chiúin ab ea an áit seo le cúpla seachtain anuas agus tá sé go hálainn sibh a fheiceáil arís!"

Ba léir ón tost cairdiúil sa séipéal go raibh meas ag gach duine ar an Dr Bríd Ní Ríordáin. Saineolaí[275] ar an gceol agus ar oideachas an cheoil[276] ab ea í agus bhí clú idirnáisiúnta bainte amach aici mar veidhleadóir[277].

"Anois!" ar sise. "Ní chuirfimid am amú. Tá go leor oibre le déanamh againn. Mar a fheicfidh sibh ón gclár ar an mbileog atá scaipthe ag Dónal, seacht bpíosa ceoil a bheidh i Seirbhís na Nollag i mbliana. Níl againn ach an t-aon seisiún seo amháin chun barr feabhais a chur[278] ar na píosaí céanna."

"Seasfaimid ar dtús agus déanfaimid ár dtéamh suas[279]. Análaígí... Isteach... Líonaigí na scamhóga... Féachaigí ar bhur gcliabhrach[280] ag éirí... Coinnígí bhur n-anáil... Scaoiligí an t-aer amach anois go mall. Déanaigí arís é. Análú domhain, ligigí oraibh go bhfuil sibh ag snámh agus go bhfuil sibh ar tí sibh féin a thumadh[281] faoin uisce."

"Maith sibh! Anois, cúpla cleachtadh: 'Mama Mia' ar gach nóta den scála suas agus anuas."

---

274 Beartán – *bundle*

275 Saineolaí – *expert*

276 Oideachas an cheoil – *music education*

277 Veidhleadóir – *violinist*

278 Barr feabhais a chur – *to perfect*

279 Téamh suas – *warm-up*

280 Cliabhrach – *chest*

281 Tum – *immerse*

Thug Bríd sampla ar dtús agus ansin thug sí comhartha lena lámha. Lean an cór a sampla. Rinne sí an rud céanna tréach[282] agus cúigeach[283] ní b'airde. D'athraigh sí an fhuaim ansin go fuaim nach raibh ach gutaí inti – 'Á– Ó'. Rinne siad cúpla scála ar an bhfuaim sin. Dhírigh sí ar na ceoltóirí agus d'iarr sí orthu a chinntiú go raibh siad i dtiúin lena chéile. Dháil sí leabhrán beag de scórpháipéar[284] uirlise ar na baill de Nóntraí agus leagan níos lú den leabhrán céanna ar bhaill an chóir.

"Beimid ag tosú, mar a fheiceann sibh ansin, le 'Don Oíche Úd i mBeithil'. Véarsa de réamhcheol ar dtús," arsa Bríd agus í ag féachaint ar na ceoltóirí. "Níl cláirseach againn, a Cholmáin, beidh do mhéarchlár mar théadchlár[285]."

D'aontaigh Colmán le claonadh dá cheann[286].

"Tiocfaidh na sopráin[287] isteach ansin. Tógaigí anáil ag an tús agus ná tógaigí anáil arís go deireadh na míre. Sin anáil amháin a mhairfidh ó 'Don oíche' síos go dtí 'go brách'. Táimid ag iarraidh fuaim leanúnach *legato* a chruthú. Is ar an dara véarsa a dhéanfaimid an armóin[288]."

Bhí súile na mball ar fad uirthi. Stiúir sí an píosa séiseach traidisiúnta le siúráil agus le cinnteacht. Máistreás cheoil ab ea í agus mheall sí an caighdeán ab airde uathu. Líon siad an séipéal beag leis an bhfuaim

[282] Tréach – *a third*
[283] Cúigeach – *a fifth*
[284] Scórpháipéar – *score, manuscript*
[285] Téadchlár – *dulcimer, strings*
[286] Claonadh dá cheann – *a nod*
[287] Soprán – *soprano*
[288] Armóin – *harmony*

shollúnta dhiamhair. Ba léir go raibh cluain[289] curtha ag an gceol ar Dhónal. Gíog ná míog ní raibh as. Chríochnaigh siad an t-iomann agus mhair ciúnas flaitheasach[290] de shoicind nó dhó sular thug Dónal bualadh bos do na mic léinn. Chuir dúthracht Dhónail gáire beag ar aghaidheanna na n-amhránaithe.

Bhí Bríd ag iarraidh dáiríreacht an tseisiúin a choinneáil agus d'fhéach sí le súile stuama ar Róisín. Sheas Róisín. D'fhéach Bríd ar an gcór iomlán.

"Anois, 'Suantraí ár Slánaitheora'. Mar is eol daoibh go léir, is fonn traidisiúnta Albanach é an fonn seo. 'Tàladh ar Slànair'[291] an teideal a bhí ar an mbunleagan Albanach. D'aistrigh Seán Óg Ó Tuama é agus ghléas[292] Fiontán Ó Cearbhall do chóracha é. Tugann Fiontán treoir an-soiléir dúinn ag barr an leathanaigh." Léigh sí na focail go mall, béim á cur aici ar gach uile fhocal:

"Le luascadh réidh rithimeach." Thug sí am do na baill den chór smaoineamh faoi bhrí na bhfocal sular chuir sí leis na focail. Léirigh sí a tuiscint íogair[293] ar an bpíosa arís nuair a dúirt sí:

"Samhlaigh go bhfuil leanbh i do bhaclainn[294] agat agus go bhfuil tú á mhuirniú[295] agus á shuaimhniú!"

D'ardaigh sí a lámh agus rianaigh sí an luas a bhí uaithi.

---

289 Cluain a chur – *to captivate, to enthral*

290 Flaitheasach – *heavenly*

291 Tàladh ar Slànair – *The Christ Child's Lullaby*

292 Gléas – *arrange*

293 Íogair – *sensitive*

294 Baclainn – *bent arm*

295 Muirnigh – *caress, cherish, cuddle*

Chuir an cór tús leis an "Seo thú ó, seo thú ló" íseal i dtrí pháirt. Ag deireadh an tséú barra, tháinig guth Róisín isteach os cionn an tionlacain ghutha[296]:

"Mo ghaol, mo ghrá, 'gus m'eaduil thú!

Mo stóirín úr is m'fhéirín thú!

Mo mhacán álainn, sciamhach thú,

Chan fiú mé féin bheith id' dháil."[297]

Shroich an t-amhrán a bhuaic san "Alleluia" taibhsiúil, é urramach agus brónach san am céanna. An port agus na focail le chéile ag meabhrú do chách go raibh idir ghliondar agus fhadfhulaingt i ndán do Mhuire na Nollag. Bhí aoibh neamhaí[298] ar aghaidh Cholmáin agus é ag éisteacht lena chara.

"*PPP*[299] álainn ag an deireadh... bog agus suaimhneach. Maith sibh!" arsa Bríd nuair a bhí an decrescendo deireanach curtha i gcrích ag an gcór. "Go raibh maith agat, a Róisín, taibhiú[300] álainn!"

Tháinig dath dearg ar leiceann Róisín agus shuigh sí síos arís in aice le Colmán. Chuir sé a lámh go ceanúil ar a gualainn agus de chogar dúirt sé "thar barr!" Faoiseamh a mhothaigh Róisín, faoiseamh go raibh Bríd sásta, faoiseamh gur chan sí an t-amhrán sa tslí cheart, faoiseamh gur thaitin sé le Colmán.

---

296 Tionlacan gutha – *voice accompaniment*

297 Mo ghaol, mo ghrá, 'gus m'eaduil thú!/Mo stóirín úr is m'fhéirín thú!/ Mo mhacán álainn, sciamhach thú,/Chan fiú mé féin bheith id' dháil – *My kin, my love, my darling are you!/My new treasure, my gift are you!/My beautiful little son are you/I am not worthy to be with you.*

298 Aoibh neamhaí – *heavenly countenance*

299 *PPP* – *pianississimo* (chomh bog agus is féidir a bheith – *as soft as possible*)

300 Taibhiú – *performance*

Mhínigh Bríd go mbeadh buachaill ó Rang a Ceathair i Scoil na mBráithre ag teacht oíche na seirbhíse chun "An tAve Maria" le Caccini a chanadh agus go mbeadh na huirlisí á thionlacan.

"*Andante con espressione* – amhail is go bhfuilimid ag siúl." D'aistrigh Bríd an treoir do na ceoltóirí agus thug an cór le fios di gur thuig siad trí chlaonadh cinn.

Na carúil eile, bhí seantaithí ag an gcór orthu – "Ave Verum" le Mozart, "An Chéad Noel", "Cluineadh Ceol ó Chór Ainglí" agus "Adeste Fideles." Ach, mar sin féin, thóg sé uair an chloig eile orthu dul tríothu, óir bhí orthu dul siar a dhéanamh ar "Ave Verum" trí huaire.

Ar a mbealach amach as an séipéal, labhair Róisín le Colmán.

"Gheobhaidh mé lón tapa sa bhaile agus ba bhreá liom dul ag siúl ansin ar an bpromanáid cois farraige i gCluain Tarbh."

"Ceart go leor," arsa Colmán, "tiocfaidh mé in éineacht leat."

Cé go ndúirt Colmán go dtiocfadh sé, bhraith Róisín nach raibh sé iomlán sásta leis an gcur isteach seo ar a chuid ama. Bhí strus agus straidhn éigin ar a aghaidh. B'fhéidir gur theastaigh uaidh a bheith ina aonar ar feadh tamaill. In ainneoin a chuid grinn ar fad, d'fhéadfadh sé a bheith an-chiúin agus príobháideach uaireanta.

Shroich siad an phromanáid ar a trí a chlog agus chuir siad a gcuid rothar faoi ghlas. Bhí solas fannbhuí[301] na gréine ag dul faoi san iarthar ach cé go raibh loinnir óir ina dtimpeall bhí fuacht feanntach[302] geimhriúil san aer agus bhí sian[303] le cloisteáil ar an ngaoth. Bhí siad in ann a n-anáil féin a fheiceáil os a gcomhair amach agus cé go raibh cótaí agus scaifeanna orthu, bhraith siad fuar go leor. Shiúil siad ar an droichead adhmaid trasna go dtí Oileán an Bhulla agus síos chomh fada leis an dealbh mhór de Réalta na Mara ag béal an chuain[304]. Ba shiúlóid álainn í nuair a bhí an taoide lán. Díthrá[305] a bhí ann inniu, áfach, agus níos mó de ghaineamh dubh na "duibhlinne" ná d'uisce geal an chladaigh a bhí le feiceáil ar dhá thaobh an chosáin. Bhí cuid de shoilse na príomhchathrach ar lasadh cheana féin ar an spéirlíne[306] agus thug sé sin, agus an ghrian íseal, cúlbhrat[307] dóibh ó dheas.

Rinne Róisín iarracht comhrá a dhéanamh le Colmán ach ní raibh mórán le rá aige. B'fhéidir tuirse a bheith air tar éis na míosa ar scoil. Bhí an dealbh sroichte acu. Stop siad seal ag breathnú ar an ngrian ag dul faoi.

"Ar tháinig tú ag siúl anseo tar éis na scoile mórán an mhí seo caite?" a d'fhiafraigh Colmán di ar deireadh. B'fhaoiseamh di gur bhris sé an ciúnas fada.

---

301 Fannbhuí – *light yellow*

302 Feanntach – *bitter, sharp, severe, piercingly cold*

303 Sian – *whistling plaintive sound, whine, squeal*

304 Béal an chuain – *the mouth of the harbour*

305 Díthrá – *low tide*

306 Spéirlíne – *skyline/horizon*

307 Cúlbhrat – *backdrop*

"Dé Sathairn seo caite amháin. Ní raibh an t-am agam teacht níos minice. An ndeachaigh tú ag siúl um thráthnóna agus tú sa bhaile?"

"Ní dheachaigh, i ndáiríre," arsa Colmán. "Cosúil leatsa, bhí sé déanach nuair a chríochnaigh mé le hobair na scoile gach lá agus bíonn go leor le déanamh sa bhaile i gcónaí!"

"Conas atá do mháthair, a Cholmáin?"

"Tá sí ceart go leor anois, a Róisín, ach bhí drochmhí aici chun an fhírinne a rá."

"Ó! Tá brón orm é sin a chloisteáil. An raibh sí tinn?" a d'fhiafraigh Róisín go deas cineálta.

"Bhí... Tá... Tá sí níos fearr anois, sin an rud is tábhachtaí."

D'fhéach sé ar Róisín agus thuig sí nach raibh sé ag iarraidh a thuilleadh a rá. Ceist ar bith eile níor chuir sí air. Ba í an fhírinne í ná gur chuir an nós sin ag Colmán, méid áirithe eolais a thabhairt, frustrachas[308] uirthi. Bhí sí gar dó, ach bhraith sí, freisin, go raibh bearna ollmhór eatarthu. Uaireanta, bhraith sí go raibh doimhneacht ag baint leis nár thuig duine ar bith.

B'annamh a labhair Colmán faoina shaol pearsanta. Bhí rudaí áirithe ar eolas ag Róisín. Rudaí a fuair sí amach go fánach[309] ó chomhráite éagsúla. Bhí a fhios aici, mar shampla, nach raibh sé ach cúig bliana is fiche nuair a fuair a athair bás go tobann. Ag an am, bhí Colmán ina ábhar sagairt i Maigh Nuad, a chéim

---

308 Frustrachas – *frustration*

309 Go fánach – *casually, randomly, haphazardly*

ealaíon[310] sa cheol díreach críochnaithe aige agus a chéad bhliain den chúrsa diagachta[311] tosaithe aige. Thaitin Maigh Nuad leis, go háirithe na deiseanna ceoil a fuair sé ann. Ba cheoltóir é a sheanathair agus tháinig an ceol as broinn[312] le Colmán, freisin. Lig Maigh Nuad dó barr feabhais a chur ar a scileanna. Ach sula bhfuair a athair bás, bhí amhras ag teacht ar Cholmán cheana féin faoina oiriúnacht do shaol an tsagairt. Chuir na scannail[313] a bhí ag teacht chun tosaigh sna meáin lá i ndiaidh lae lena amhras. An bhféadfadh sé a shaol a thabhairt d'institiúid a theip ar leanaí soineanta? An bhféadfadh sé déileáil le fuarchúis[314] agus díomá daoine nua-aimseartha i leith na heaglaise? An mbeadh sé in ann d'uaigneas shaol an tsagairt? Chuir bás a athar deireadh leis an bhféincheistiú[315]. Rinne sé cinneadh tapa Maigh Nuad a fhágáil agus filleadh abhaile go Longfort. Dar leis, ba í sin toil Dé dó ag an am sin ina shaol.

Ba pháiste aonair é Colmán. Ní raibh duine ar bith eile ag a mháthair chun obair na feirme a dhéanamh. Cé nár tháinig amhras air riamh faoina chinneadh, bhí a chéad bhliain ar ais sa bhaile thar a bheith deacair. Bhí a mháthair ina baintreach ag caoga bliain d'aois agus mhothaigh sí uaithi a fear céile an t-am ar fad. Cailliúint mhillteanach[316] do Cholmán féin, freisin, ab ea bás a athar. Diaidh ar ndiaidh, áfach, tháinig sé chun réitigh leis agus d'éirigh leis smacht a fháil ar

---

310 Céim ealaíon – *Art's Degree*
311 Cúrsa diagachta – *theology course*
312 As broinn – *from the womb*
313 Scannal – *scandal*
314 Fuarchúis – *apathy, indifference*
315 Féincheistiú – *self-examination*
316 Millteanach – *enormous, immense*

obair na feirme. D'oibrigh sé go dian i rith na seachtaine agus thug col ceathrar óg cúnamh dó ag an deireadh seachtaine.

Ghlac sé páirt an-ghníomhach i saol an pharóiste. Ba bhall de chór na hArdeaglaise é agus léigh sé an léacht ag an Aifreann uair sa mhí. Nuair a d'fhág orgánaí[317] na hArdeaglaise a phost, d'iarr an sagart paróiste ar Cholmán an t-orgán a sheinm don chór. Ghlac Colmán go fonnmhar[318] leis an gcuireadh. Faoina stiúir, chuaigh an cór ó neart go neart. Gach bliain, chuaigh siad go féile na gcóracha i gCorcaigh agus rinne siad Aifreann bliantúil do *RTÉ*.

Lasmuigh den chór, ní raibh aon saol sóisialta eile ag Colmán, ach ba chuma leis faoi sin. Bhuail sé le go leor daoine tríd an gcór agus bhraith sé sona agus comhlíonta ann féin. Go pointe, thóg an ceol áit chaidrimh rómánsaigh[319] ina shaol. Dúirt bean leis, uair amháin, gur shíl sí go raibh sé pósta leis an gceol. Ní dheachaigh sé ina coinne. D'fhéach sé ar an gceol mar bhua agus mar thíolacadh[320] speisialta ó Dhia. Gach cinneadh a rinne Colmán ar an bhfeirm, ba chinneadh é a chinnteodh go mbeadh níos mó ama aige don cheol. Ní hé sin le rá nárbh fheirmeoir maith é – b'fheirmeoir den scoth é – ach rinne sé cinneadh luath, mar shampla, na ba a dhíol agus níos mó béime a chur ar ghlasraí orgánacha[321]. Dá bhrí sin, ní raibh air ba a chrú gach maidin agus gach tráthnóna. Bhí sé in ann a

---

317 Orgánaí – *organist*

318 Go fonnmhar – *eagerly, willingly*

319 Caidreamh rómánsach – *romantic relationship*

320 Tíolacadh – *gift*

321 Glasra orgánach – *organic vegetable*

chuid oibre a dhéanamh idir a hocht agus a cúig, de ghnáth. Ina theannta sin, rinne sé feirm oscailte[322] den fheirm. Chiallaigh sé sin gur tháinig grúpaí ó áiteanna eile chun staidéar a dhéanamh ar dhea-chleachtais[323] agus thug sé sin teacht isteach rialta dó.

Breis is deich mbliana a bhí caite aige mar fheirmeoir agus mar stiúrthóir ceoil san Ardeaglais nuair a d'fhiafraigh Príomhoide ó Scoil Náisiúnta Naomh Bríde de an bhféadfadh sé Rang a Sé a thabhairt ar cuairt chuig an bhfeirm. Ar dtús bhí drogall[324] ar Cholmán glacadh le cuairt ó ghrúpa páistí de bharr a easpa taithí le páistí, ach, tar éis don Phríomhoide gealladh dó go mbeadh gach rud go breá, ghéill sé. Bhain Colmán an-tairbhe[325] as an turas scoile sin. Chuir fiosracht agus gliondar na bpáistí ionadh an domhain air agus bhain sé an-ghreann agus gáire astu. Shocraigh Colmán go n-osclódh sé an fheirm do pháistí agus do thurais scoile as sin amach. Chuir sé bróisiúr speisialta chuig na scoileanna agus d'fhás an chuid sin dá ghnó go mór an bhliain dár gcionn.

De réir a chéile, thosaigh Colmán ag cur spéise sa mhúinteoireacht. Rinne sé go leor taighde agus phléigh sé na féidearthachtaí lena mháthair agus lena chairde. D'fhéadfadh sé bainisteoir[326] a fháil don fheirm agus bheadh a mháthair go breá i rith na seachtaine dá mbeadh a fhios aici go mbeadh sé ag teacht abhaile gach Aoine. D'fhéadfadh sé leanúint ar

---

[322] Feirm oscailte – *open farm*

[323] Dea-chleachtas – *good practice*

[324] Drogall – *reluctance*

[325] Tairbhe – *benefit*

[326] Bainisteoir – *manager*

aghaidh mar stiúrthóir ceoil san Ardeaglais ach an cleachtadh a bhogadh ón Luan go dtí an Satharn, rud a rinne sé. In ainneoin a aoise, bhraith sé go raibh an rud ceart á dhéanamh aige nuair a ghlac sé leis an tairiscint[327] ón gColáiste Oideachais tar éis dó an t-agallamh don Iarchéim san Oideachas a dhéanamh. Anois, bliain ar aghaidh, bhí cruthaithe[328] aige dó féin, agus do chách, go raibh sé in ann don chúrsa agus go raibh bealach iontach aige sa seomra ranga.

Bhí Róisín ina seasamh in aice leis anois, an bheirt acu ag faire amach ar an gcalafort[329] gnóthach. Clapsholas Mhí na Nollag mórthimpeall orthu. Sheol long mhór de chuid *Irish Ferries* tharstu go mall agus thug Róisín faoi deara go raibh cúpla bád beag iascaireachta ar ancaire[330] sa bhá i bhfad uathu ar dheis.

Bhí Colmán in ann análú Róisín a chloisteáil. Sular tháinig sé go dtí an Coláiste, ní raibh aon choinne aige leis go mbuailfeadh sé le duine mar í. Tháinig sí aniar aduaidh air[331]. Thaitin a comhluadar go mór leis. Le mí anuas, ní raibh siad i dteagmháil lena chéile gach lá, ach smaoinigh sé uirthi go minic. Na laethanta ar bhuail sé léi, b'fhearr iad ná laethanta eile. Thug a pearsantacht shuaimhneach deis dó a scíth a ligean. Ní raibh sé buartha faoi rud ar bith nuair a bhí sé in éineacht léi. Ghlac sí leis mar a bhí sé agus níor éiligh[332] sí athrú ar bith. Uaireanta, chuir comhluadar Róisín comhluadar a mháthar féin in aigne dó. Shíl sé uaireanta eile, go raibh aithne aige uirthi riamh

---

327 Tairiscint – *offer*
328 Cruthaigh – *prove*
329 Calafort – *port, harbour*
330 Ar ancaire – *at anchor*
331 Tháinig sí aniar aduaidh air – *she caught him by surprise*
332 Éiligh – *demand*

anall[333]. Thuig sí é ar bhealach nár thuig daoine eile é agus thug sí tábhacht d'eachtraí beaga a shaoil trí spéis a léiriú iontu. De ghnáth, chorraigh a cuid ceisteanna faoin bhfeirm agus a cuid fiosrachta faoina shaol pearsanta cion ann di. Ach inniu, chorraigh an cheist a chuir sí faoina mháthair mothúchán eile ann. Tháinig fonn air í a chosaint uaidh féin agus ó chastacht[334] agus ó bhrón an tsaoil.

I lár Mhí na Samhna, nuair a bhí an socrúchán scoile faoi lán seoil, fuair máthair Cholmáin amach óna dochtúir go raibh ailse[335] uirthi agus gurbh é sin údar a drochshláinte[336] le tamall anuas. Buille[337] trom do Cholmán ab ea an nuacht, ach bhí prognóis mhaith aici agus, ar a laghad, bheadh a chúrsa ag críochnú ag deireadh na bliana acadúla seo. D'fhillfeadh sé abhaile chuici ansin. Bheadh sé in ann tacaíocht agus aire a thabhairt di, rud a dhéanfadh sé le teann grá. Shiúlfadh sé bóthar an tinnis léi agus bhí a fhios aige go léireodh a mháthair misneach in aghaidh na fulaingthe. Chonaic sé an misneach sin cúig bliana déag roimhe sin nuair a chuaigh a céadsearc[338] ar shlí na fírinne.

D'fhéach sé ar Róisín. Bhí sí óg agus álainn. Bhí siad ina seasamh san áit ba rómánsúla i mBaile Átha Cliath. Ach ní fhéadfadh sé caidreamh simplí a dhéanamh casta. Ní fhéadfadh sé iarraidh ar dhuine chomh hóg léi an t-ualach a roinnt leis. Cé nach raibh

---

333 Riamh anall – *always, from time immemorial*

334 Castacht – *complexity*

335 Ailse – *cancer*

336 Drochshláinte – *poor health*

337 Buille – *blow*

338 Céadsearc – *truelove*

na mionsonraí[339] ar eolas aige, bhí a fhios aige go raibh a trioblóidí teaghlaigh féin aici. Ina theannta sin, bhí a fhios aige go raibh sí ró-acadúil do shaol áitiúil Longfoirt, go raibh Longfort rófhada ó Chiarraí agus ar chúis éigin go raibh sí ciniciúil faoin bpósadh. In ainneoin an ghrá a bhí eatarthu, b'eol dó go raibh bearna mhór eatarthu, freisin. "Tá go leor ar an saol seo a dtugann daoine 'grá' air agus ní bhíonn ann i ndáiríre ach mian[340]. Cuireann an grá riachtanais[341] an duine eile chun tosaigh, agus ar deireadh thiar is é sin an t-aon chineál grá atá ann," a dúirt Colmán leis féin ina aigne istigh.

D'fhéach sé ar na sléibhte a thimpeallaíonn[342] an taobh ó dheas de Bhaile Átha Cliath. Bhí sneachta le feiceáil ar a mbarr. Chuir Colmán a lámha a bhí chomh geal leis an sneachta sin le chéile agus shéid sé isteach iontu. Chuaigh creathán[343] fuachta tríd.

"Rachaimid ar ais," arsa Róisín agus í ag féachaint air le súile cneasta, "nó beimid reoite[344] leis an bhfuacht."

An tseachtain dár gcionn, chaith siad go leor ama i bhfochair a chéile[345] agus i bhfochair Aislinge agus Phóil. Chleacht siad an ceol don tseirbhís cúpla uair.

D'fhreastail go leor daoine ón taobh amuigh ar an tseirbhís féin agus bhí Órfhlaith ann ó theach Róisín ag tabhairt tacaíochta dá cairde.

"Maith sibh! Bhí sé sin ar fheabhas!" arsa Órfhlaith

---

339 Mionsonra – *minor detail*
340 Mian – *desire*
341 Riachtanas – *necessity/need*
342 Timpeallaigh – *surround*
343 Creathán – *tremble, quiver*
344 Reoigh – *freeze*
345 I bhfochair a chéile – *in each other's company*

lena cairde tar éis na seirbhíse. "Tá áthas an domhain orm go raibh mé ann."

"Go raibh maith agat as teacht amach ar oíche chomh fuar leis an oíche anocht," a d'fhreagair Colmán.

"Bhí mé faoi dhraíocht ag lámha an stiúrthóra!" arsa Órfhlaith. "Cé hí siúd?"

"Sin 'Aung San Suu Kyi'!" arsa Colmán. Ba é sin an leasainm[346] a bhí ag na mic léinn ar Bhríd – "Aung San Suu Kyi" – agus, cosúil leis an bpolaiteoir Burmach[347], bhí Bríd níos grástúla ná raithneach Mhuire[348]. Cé go raibh sí ag druidim leis an dá scór bhí sí fíor-álainn agus chaith sí éadaí cuanna[349] i gcónaí.

"Ó sin í Bríd! Tuigim anois," arsa Órfhlaith. "Is cuimhin liom sibh ag labhairt fúithi oíche amháin agus faoi ghothaí a lámh[350]. Más buan mo chuimhne, bhíomar ag caint faoi Theoiric na hIléirime[351] an oíche chéanna agus luaigh tusa Bríd mar shampla de dhuine le héirim chorp-chinéistéiseach[352]."

"Tá cuimhne iontach agat, a Órfhlaith!" arsa Colmán.

"Sílim féin," arsa Róisín agus í ag iarraidh páirt a ghlacadh sa chomhrá "gurb í an bua is mó atá ag Bríd ná a bheith in ann an ceol a léiriú mar obair foirne[353]. Tuigeann sí gurb é gnó an stiúrthóra fuaimeanna indibhidiúla[354] a shnaidhmeadh le chéile gan sainiúlacht[355] éagsúil gach fuaime a chailliúint."

---

346 Leasainm – *nickname*
347 Burmach – *Burmese*
348 Raithneach Mhuire – *Lady Fern*
349 Cuanna – *elegant, graceful*
350 Gothaí a lámh – *hand gestures*
351 Teoiric na hIléirime – *Theory of Multiple Intelligence*
352 Corp-cinéistéiseach – *Bodily Kinaesthetic Intelligence*
353 Obair foirne – *teamwork*
354 Fuaimeanna indibhidiúla – *individual sounds*
355 Sainiúlacht – *specificity*

"Is dóigh liom go bhfuil an ceart ar fad agat a Ró, ach 'bhfuil fhios agat, leanfaimid ar aghaidh leis an gcomhrá seo in áit níos compordaí! Chuala mé go mbeidh seisiún ceoil ar siúl sa Chlúid," arsa Colmán.

Nuair a shroich siad an teach tábhairne, bhí an ceol faoi lán seoil agus bhí atmaisféar iontach ann. Ag meán oíche, chan siad *Fairytale of New York* go fonnmhar agus d'aonghuth ard. Ansin, dúirt Órfhlaith go raibh sé in am dul abhaile. Tar éis dóibh Nollaig faoi shéan agus faoi mhaise a ghuí ar gach duine, shiúil Róisín ar ais chuig an teach in éineacht léi.

Caibidil 7

MIONTRÁCHTAS

Tar éis na Nollag, d'fhill Róisín ar Bhaile Átha Cliath dhá lá sular osclaíodh an Coláiste. Theastaigh uaithi tús a chur leis an miontráchtas a bheadh le críochnú roimh dheireadh na bliana agus, ar aon nós, bhí a deirfiúr agus a máthair ar ais ag obair le cúpla lá. Rinne sí iarracht a haigne a dhíriú ar na bileoga faoin tráchtas a bheadh le scríobh aici. Bhí go leor taighde déanta aici ach, lasmuigh de sin, ní raibh ag éirí léi aon dul chun cinn a dhéanamh. Las sí a ríomhaire glúine[356] agus thóg sí an cipín cuimhne[357] amach as a mála.

Bhí smaointe éagsúla ag rásaíocht trína cloigeann. Léim a smaointe siar agus aniar. Tháinig pictiúr chuici di féin, dá máthair agus dá deirfiúr Lá Nollag. Chuimhnigh sí ar Mháire ag gol tar éis dhinnéar na Nollag. Níor éirigh le Róisín í a shuaimhniú. Chuir Máire i leith Róisín nár thuig sí... go raibh sí i mBaile Átha Cliath i bhfad ó bhaile agus nach bhfaca sí pian a máthar ná milleánú[358] agus cúiseamh[359] na

---

[356] Ríomhaire glúine – *lap-top*

[357] Cipín cuimhne – *memory stick*

[358] Milleánaigh – *blame*

[359] Cúisigh – *accuse*

gcomharsan a bhí ag taobhú lena n-athair. Lá amháin, agus í sa scuaine[360] sa bhialann ina hionad oibre, chuala Máire bean os a comhair sa scuaine ag caint le bean eile ón gceantar.

"Nach uafásach é an rud a tharla do Sheán Ó Súilleabháin? An fear bocht… fear uasal… rinne sé a dhícheall dá chlann i gcónaí agus sin an buíochas a fuair sé… tréigean agus briseadh croí."

Chuir an scéal sin isteach go mór orthu go léir agus bhí a fhios ag Róisín go raibh an ceart ag Máire, ach bhí a fhios aici, freisin, nach mbeadh sí féin láidir go leor a bheith ina cónaí go lánaimseartha i gCiarraí. Bhí foghlamtha aici óna cuid seisiún le Dónal, go mbeadh sí féin tinn dá mbeadh uirthi maireachtáil go buan sa síorteannas[361] idir a máthair agus a hathair nó le tuairimíocht an phobail áitiúil. Uaireanta, shíl Róisín gur chóir do Mháire féin spás a chruthú idir í féin agus a máthair agus níos mó ama a chaitheamh le cairde ar chomhaois léi féin.

Dhírigh Róisín a hintinn ar an téarma amach roimpi. Amárach, Dé Domhnaigh, chaithfeadh sí an lá ar fad ina haonar. B'fhéidir go rachadh sí isteach go lár na cathrach tar éis an Aifrinn. Bhí siopa leabhar athláimhe[362] ar na céanna agus uair amháin chaith sí féin agus Colmán iarnóin ann ag póirseáil[363] trí na leabhair. Bheadh Colmán ar ais i mBaile Átha Cliath go déanach tráthnóna amárach. Bhuailfeadh sí leis Dé

---

[360] Scuaine – *queue*

[361] Síorteannas – *constant tension*

[362] Siopa leabhar athláimhe – *second hand book-shop*

[363] Ag póirseáil – *rummaging, searching*

Luain. Bhí sí ag súil leis sin. Labhróidís faoi chúrsaí reatha, faoi chúrsaí spóirt agus faoin gceol. Ní bheadh uirthi labhairt faoi fhadhbanna teaghlaigh a thuilleadh.

Músclaíodh Róisín as na dea-smaointe sin nuair a thosaigh a fón póca ag clingeáil[364]. Phioc sí suas an fón. Pól a bhí ann.

"Athbhliain faoi mhaise duit, a Phóil! Aon scéal?"

"Go mba hé duit, a Róisín! Diabhal scéal agam ach amháin gur bhuail mé aréir leis na buachaillí a bhí sa Cheathrú Bliain anuraidh. Iad ag iarraidh teacht le chéile a eagrú sa Bhradán Feasa i Ráth Chairn roimh an gCáisc. Tá ceoltóirí á lorg acu. An mbeadh spéis agatsa oíche a chaitheamh i Ráth Chairn? Bhí mé ag labhairt le hAisling agus le Colmán agus beidh an bheirt acu ann."

"'Bhfuil a fhios agat, a Phóil, ba bhreá liom dul ach cén lá go baileach[365] a bheidh i gceist?"

"Dé hAoine roimh an tSeachtain Mhór[366], an lá deireanach den téarma."

"Iontach! Beidh an tráchtas curtha isteach againn faoin am sin," arsa Róisín. "Beidh mé libh."

"Ar fheabhas! Déarfaidh mé leis na leaids go mbeidh Nóntraí ar fáil. Beidh mé ag caint leat am éigin Dé Luain. Slán go fóill, a Róisín!"

"Míle buíochas, a Phóil. Beidh mé ag tnúth leis sin. Slán leat!"

---

364 Ag clingeáil – *ringing*
365 Go baileach – *exactly*
366 An tseachtain mhór – *holy week*

Nuair a bhuail an ceathrar le chéile tar éis na Nollag, thug an turas go Ráth Chairn a bhí á phleanáil acu ábhar úr cainte dóibh. Ba mhinic an miontráchtas mar ábhar cainte acu, freisin, sa chéad chúpla lá sin den téarma.

Tháinig an Dr Máirín Ní Chualáin isteach ag deireadh na léachta san Fhorbairt Ghairmiúil agus d'fhógair sí go raibh na seisiúin chomhairle eagraithe aici do mhic léinn a bhí ag iarraidh a miontráchtas a dhéanamh trí mheán na Gaeilge. Bheadh ar gach mac léinn freastal ar sheisiún amháin léi roimh dheireadh na seachtaine sin agus dúirt sí go raibh am na gcoinní ar fáil ar *Moodle*.

Bhí an-mheas ag Róisín ar Mháirín Ní Chualáin. Cé go raibh máistirchéim sa Ghaeilge ag Róisín, shíl sí nach raibh aon léachtóir eile, ó thosaigh sí san ollscoil, inchurtha[367] leis an Dr Ní Chualáin. Bhí stíl léachtóireachta an-bheacht[368] agus an-soiléir aici. Labhair sí go cruinn líofa deisbhéalach[369] i gcanúint na Mumhan agus ba léir go raibh paisean aici don teanga. Ina theannta sin, ba bhean fhéinmhuiníneach í Máirín a raibh teacht i láthair cinnte aici. Cheap daoine áirithe go raibh sí péacach[370] inti féin ach níor aontaigh Róisín leo. Ba bhreá léi féin a bheith féinmhuiníneach cosúil léi.

In ainneoin go raibh cuid mhaith dá léitheoireacht déanta ag Róisín, bhí sí beagáinín neirbhíseach ag dul chuig oifig Mháirín. Ní raibh cúis aici a bheith in oifig Mháirín riamh roimhe sin agus bhí sí buartha nach

---

367 Inchurtha le – *comparable to, equal to, even with*

368 Beacht – *exact measure*

369 Deisbhéalach – *well-spoken, eloquently*

370 Péacach – *showy*

mbeadh sí in ann teacht ar na focail chearta as Gaeilge agus go mbeadh ciúnas in áit chomhrá nádúrtha. Chnag Róisín ar an doras.

"Tar isteach!" arsa Máirín i nglór láidir.

Thiontaigh Róisín hanla an dorais agus shiúil sí isteach san oifig. Chuir anord na hoifige ionadh an domhain ar Róisín. Bhí páipéar scaipthe ar fud an bhoird agus fiú ar fud an urláir. Shíl Róisín gur bhreá léi slacht a chur ar an áit!

"Á! A Róisín! Tá fáilte romhat. Suigh síos anseo."

Shín Mairín lámh i dtreo na cathaoireach in aice lena cathaoir féin. Thug Róisín faoi deara go raibh gúna faiseanta ildaite á chaitheamh ag an léachtóir. Bean óg go leor ab ea í. Bhí scéimh[371] agus éirim ag baint léi ach i solas geal na hoifige, thug Róisín faoi deara go raibh cúpla roc[372] le feiceáil gar dá súile.

"Anois! Conas atá ag éirí leat? Feicim ó do ríomhphost gur roghnaigh tú 'An Litearthacht[373], an Fhilíocht agus an Ceol sa Bhunscoil' mar ábhar do thráchtais."

"Roghnaigh."

Thóg Róisín a fillteán amach as a mála agus í ag caint. D'oscail sí an fillteán agus chuir sí gach rud a bhí scríofa agus bailithe aici os comhair Mháirín. D'fhéach Máirín ar leagan amach an tráchtais agus dhearbhaigh sí go raibh Róisín ar an mbealach ceart. Luaigh sí cúpla rud beag – camóga in easnamh agus litriú

---

[371] Scéimh – *beauty of face or form*

[372] Roc – *wrinkle*

[373] Litearthacht – *literacy*

mícheart – a bheadh le ceartú ag Róisín. Bhí Róisín tar éis file amháin a chur faoi agallamh mar chuid dá taighde agus léirigh Máirín an-spéis i dtéacs tras-scríofa[374] an agallaimh.

"Feicim gur thoiligh Bríd Dáibhís agallamh a thabhairt duit. Nach bhfuil sí chomh lách flaithiúil? Ní bean óg í Bríd anois!"

"Bhuail mé léi sa chlochar i gCill Choca. Bean rialta is ea í. Caithfidh mé a rá go raibh sé go hálainn bualadh léi. Duine an-spioradálta is ea í. Dúirt sí go mothaíonn sí uaithi na páistí go mór ó d'imigh sí ar scor ón mbunscoil. Is ceoltóir í, leis, ar ndóigh agus bhí an-spéis aici fáil amach faoi chúrsaí ceoil anseo sa Choláiste."

"Léigh mé rud éigin faoin gceol agus Dáibhís le déanaí," arsa Máirín agus í ag leagan láimhe ar an gcáipéis a bhí á lorg aici. Thuig Róisín ansin gur anord eagraithe a bhí ina timpeall agus go raibh leagan amach an anoird ar eolas ag a léachtóir. Cóip de leathanach as *The Field Day Anthology of Irish Writing IV* a bhí tógtha suas aici. D'aithin Róisín an leathanach láithreach, óir bhí sé léite aici. Bhí líne amháin daite ag Máirín le peann aibhsithe[375]. Léigh sí ón leathanach:

"These are texts waiting for musical settings…"

"Sin réamhrá le Margaret McCurtain, nach ea?" arsa Róisín.

374 Tras-scríofa – *transcribed*

375 Peann aibhsithe – *highlighter pen*

"Sea!" arsa Máirín, freagra eolach Róisín tar éis ionadh a chur uirthi.

"'Bhfuil a fhios agat, nuair a léigh mé an réamhrá sin shocraigh mé go mbainfinn triail as ceol a chur le dán amháin le Bríd. Bhí sé i gceist agam an toradh a chur isteach mar aguisín le mo thráchtas."

Thaispeáin Róisín an leathanach as lámhscríbhinn cheoil[376]. "Ceol an Bhainne" lámhscríofa ar bharr an leathanaigh agus focail an dáin faoi bhun na nótaí ceoil.

Leathnaigh súile an léachtóra le hionadh agus thuig Róisín go raibh sí an-sásta lena hiarracht. D'fhéach sí go géar ar an leathanach.

"Fonn álainn é sin, a Róisín!"

Tharraing Máirín tarraiceán[377] a bhí ar thaobh an bhoird agus thóg sí feadóg stáin amach as.

Sheinn sí agus í ag léamh ón lámhscríbhinn. D'éist Róisín go faiteach. Nuair a bhí an fonn ar fad seinnte ag Máirín d'fhéach sí ar Róisín.

"Trí mheán an cheoil, a Róisín, tá léamh an-tuisceanach bainte agat as an dán sin. Ba bhreá liom tuairim chara liom atá ag obair go lánaimseartha le Comhaltas Ceoltóirí Éireann a fháil agus ar mhiste leat dá dtaispeánfainn é, freisin, do Bhríd Ní Ríordáin?"

Bhí ríméad ar Róisín gur thaitin a cuid cumadóireachta le bean ghéarchúiseach mar Mháirín.

---

376 Lámhscríbhinn cheoil – *music manuscript*

377 Tarraiceán – *drawer*

D'fhreagair sí go humhal agus le dóchas ina glór.

"Níor scríobhas[378] é d'fhonn é a chur faoi bhráid daoine eile ach má cheapann tú gurbh fhiú tuairimí eile a fháil, cuirfidh mé fáilte roimh na tuairimí sin."

"Bhuel, tóg leat na páipéir seo ar fad anois agus fág do thráchtas críochnaithe isteach chuig an oifig de réir an ghnáthchórais. Nuair a gheobhaidh mé é taispeánfaidh mé an t-aguisín seo do chúpla duine. Tá an-obair déanta agat, a Róisín, agus beidh mé ag súil go mór leis an tráchtas a léamh."

Bhailigh Róisín na páipéir agus chuir sí isteach san fhillteán iad agus ansin chuir sí an fillteán ar ais ina mála láimhe. Ghabh sí buíochas, arís, le Máirín agus d'fhág siad slán lena chéile.

Ba mhór an misneach a thug an choinne le Máirín Ní Chualáin do Róisín. Chuir sí téacs chuig Colmán agus rinne sí socrú bualadh leis i gcaifé beag an Choláiste. B'annamh a chuaigh siad go dtí an caifé, bhí ar Róisín a bheith cúramach lena cuid airgid. Nuair a bhí sí san ollscoil, an chéad uair, bhí scoláireacht aici agus, dá bhrí sin, ní raibh uirthi airgead a lorg riamh óna tuismitheoirí. Thaitin sé léi a bheith neamhspleách uathu. An uair seo, an t-airgead ar fad a bhí sábháilte aici ón tréimhse a chaith sí ag obair go lánaimseartha díreach sular tháinig sí go dtí an Coláiste Oideachais, bhí an t-airgead sin imithe ar tháillí[379] agus mar gheall air sin, mhair sí ar an airgead a fuair sí d'aistriúcháin

---

378 Scríobhas – Scríobh mé (i gCanúint na Mumhan)

379 Táille – *fee*

fhánacha agus ar an airgead a fuair sí ó Nóntraí. Bhí a fhios aici go raibh rátaí úis[380] ag méadú an t-am ar fad, agus dá bhrí sin, níor theastaigh uaithi iasacht a fháil ón mbanc. Inniu, áfach, de bharr an méid a bhí ráite ag Máirín Ní Chualáin, bhraith sí go raibh cúis cheiliúrtha aici. D'ordaigh sí *Cappuccino* agus thóg sí súimín[381] ón gcupán agus í ag feitheamh ar Cholmán. Thaitin cumhracht an chaife úrdhéanta go mór léi.

"A leithéid de lá!" arsa Colmán go méaldrámata[382] agus é ag suí síos. Thuig Róisín go raibh fonn cainte air. Ag teacht ó chruinniú de chuid Aontas na Mac Léinn[383] a bhí sé agus bhí an tAontas tar éis tús a chur leis an bpleanáil don Damhsa agus Dinnéar a bheadh acu tar éis na scrúduithe. Thug Colmán tuairisc bhríomhar ar na pleananna.

"Beidh orm culaith agus léine nua a cheannach!" arsa Colmán ansin le rógaireacht ina chuid súl.

380 Ráta úis – *interest rate*

381 Súimín – *sip, sup*

382 Méaldrámata – *melodramatically*

383 Aontas na Mac Léinn – *Students' Union*

Caibidil 8

AN BRADÁN FEASA

Léachtaí, tionscadail, socrúchán scoile, dreasa[384] fada cainte agus béadáin[385] chomh maith le seisiúin cheoil – sin mar a lean an chuid eile den téarma ar aghaidh. Sa domhan lasmuigh, bhí ealta[386] de ghéanna fiáine ag iníor[387] i bpáirceanna an Choláiste, ansin tháinig agus d'imigh Lá Fhéile Bríde, bhláthaigh lus an chromchinn, d'fheabhsaigh an aimsir agus bhí cumhracht an earraigh san aer. Chuaigh Colmán abhaile gach deireadh seachtaine agus, lasmuigh de chúpla deireadh seachtaine, d'fhan Róisín sa chathair.

Labhair Róisín lena máthair gach lá ar an bhfón. Agus í ar an bhfón, rinne Róisín a dícheall labhairt lena máthair faoi rudaí eile ionas nach mbeadh a hintinn ar an scaradh an t-am ar fad. Labhair sí faoin aimsir agus faoina cairde ach ní raibh sé éasca an topaic mhór a sheachaint. Nuair a chuala sí óna máthair go raibh

[384] Dreas cainte – *chat, a spell of talking*

[385] Béadán – *gossip*

[386] Ealta – *flock*

[387] Iníor – *(act of) grazing*

eagla ag teacht uirthi gan chúis, mhol Róisín di dul go dtí an ban-dochtúir áitiúil.

"Strus iar-thráma atá orm, dar leis an dochtúir," arsa a máthair le Róisín tar éis na cuairte ar an dochtúir, "é sin agus an próiseas bróin a dtéitear tríd tar éis na cailliúna agus an scartha."

"Tuigim," arsa Róisín, "agus an ndúirt tú léi nach bhfuil tú in ann codladh a fháil?"

"Dúirt," a d'fhreagair a máthair, "dúirt sí liom gur rud nádúrtha é do dhuine sna cúinsí ina bhfuilim. Thug sí táibléid dom a chabhróidh liom codladh a fháil. An ndéarfaidh tú paidir dom, a Ró? Táim trína chéile."

"Deirim paidir duit gach oíche, a Mhom. Ná bí buartha, tóg na táibléid agus, de réir a chéile, tiocfaidh feabhas ar rudaí," a d'fhreagair Róisín go cineálta.

Thuig Róisín fulaingt a máthar go maith. Go minic san oíche, dhúisíodh sí féin agus bhíodh a craiceann agus éadaí na leapa tais le hallas. Bhí sí buartha faoina hathair. Oíche amháin, bhí tromluí[388] aici inar shamhlaigh sí a hathair i seomra éigeandála[389] ospidéil. Chaith sí an chuid eile den oíche sin ag scríobh ina dialann agus an chéad rud ar maidin, chuir sí glao ar a hathair. Lig sí osna fhaoisimh aisti nuair a d'fhreagair sé an guthán. Rinne sí coinne le Dónal ní ba dhéanaí an lá céanna agus bhraith sí níos láidre i ndiaidh di a bheith ag labhairt leis. Agus í ag dul thar shéipéal an Choláiste, tar éis an tseisiúin leis

388 Tromluí – *nightmare*

389 Seomra éigeandála – *emergency room*

an séiplíneach, shocraigh sí dul isteach. Ghuigh sí ar son a hathar agus ar son a máthar. Ghuigh sí go n-ardófaí an t-uaigneas agus an cumha óna croí féin agus go mbeadh de neart aici díriú ar a cuid oibre.

Le cabhair an chreidimh láidir sin a bhí aici, choinnigh Róisín a misneach agus d'éirigh léi a cuid tionscadal a chríochnú in am. Níor thúisce an tionscadal deireanach curtha isteach aici ná scéala a bheith fógartha ar *Moodle* go raibh na tráchtais Ghaeilge réidh le bailiú ó Oifig an Choláiste. Bhuail Colmán le Róisín ag doras a tí agus bhailigh siad a gcuid tráchtas ceartaithe le chéile. D'fhéach siad ar a dtorthaí féin ar dtús agus ansin mhalartaigh[390] siad na haistí, mar ba nós leo.

"Seachtó cúig faoin gcéad!" a scairt Colmán nuair a chonaic sé an marc a bhí gnóthaithe ag Róisín. Scrúdaigh sé an t-aischothú[391] a bhí scríofa ag an Dr Máirín Ní Chualáin. Léigh sé an píosa deireanach amach os ard:

"Tá bua na scríbhneoireachta ionat, a Róisín! Ba thrua éirí as obair den chineál seo tar éis do thréimhse staidéir."

Don chuid eile den lá sin, thug Colmán "An tOllamh Róisín Ní Shúilleabháin" uirthi!

Ar an Aoine roimh laethanta saoire na Cásca, bhuail an bheirt acu le chéile i gclós an Choláiste. Duine ná deoraí ní raibh le feiceáil óir bhí na mic léinn ar fad tar éis dul abhaile cheana féin. Bhí gluaisteán ag

---

390 Malartaigh – *swop*

391 Aischothú – *feedback*

Colmán agus bhí sé chun síob a thabhairt do Róisín go Ráth Chairn don seisiún mór ceoil. Bhí socrú déanta aige bualadh le hAisling agus le Pól, freisin, ach ní raibh rian ná tuairisc[392] ar cheachtar acu siúd. Ar a deich tar éis a sé tháinig tacsaí isteach trí gheata an Choláiste. Stop an tacsaí taobh thiar de ghluaisteán Cholmáin. D'fhéach Róisín agus Colmán ar a chéile nuair a chuala siad guth mífhoighneach Phóil.

"Tabhair dom do mhála, a Aisling! In ainm Dé, céard atá istigh ann? Go Ráth Chairn atá ár dtriall. Nílimid ag dul go Meiriceá!"

Bhí meangadh gáire ar a bhéal ag Colmán nuair a léim sé as an ngluaisteán d'fhonn cúl an ghluaisteáin a oscailt dóibh.

"Dia daoibh. Mothaím cheana féin go bhfuil spraoi i ndán dúinn!" ar seisean.

"A Cholmáin, a stóir, tá an-bhrón orainn go bhfuilimid chomh déanach. Ormsa atá an locht!" arsa Aisling de ghuth ard.

"Bhí mo mhála pacáilte agam ach rinne mé dearmad bróga don oíche anocht a chur isteach! Bhí orm rudaí eile a thógáil amach. Táim chomh brónach!"

Bheadh Aisling agus Pól ag fanacht thar oíche le cairde ón ngrúpa ó Chontae na Mí agus gheobhaidís bus abhaile lá arna mhárach. Bheadh Róisín agus Colmán ag filleadh ar Bhaile Átha Cliath tar éis an tseisiúin. Dá bhrí sin, bhí ar Aisling mála do thréimhse na Cásca a thabhairt léi.

---

392 Rian ná tuairisc – *sign nor trace*

"Tóg go bog é, anois, a Aisling!" arsa Colmán go réidh. "Suigh isteach ansin."

Thiomáin Colmán go neamhdheifreach trí thírdhreach[393] méith[394] na Mí. Bhí na claíocha breac le sabhaircíní[395] agus sailchuacha[396]. Ábhar iontais don triúr paisinéirí ab ea é go raibh eolas na slí ag Colmán go Ráth Chairn. Bhí ceadúnas tiomána[397] ag Róisín ach ní raibh mórán taithí tiomána aici go fóill. Ní raibh tiomáint ar bith ag Pól ná ag Aisling. Bhí siad ag súil go mór le carranna a cheannach nuair a bheadh poist mhúinteoireachta acu.

Chuir fear cairdiúil fáilte mhór rompu sa teach tábhairne ciúin. D'aithin sé Colmán ón seisiún a bhí acu san áit chéanna bliain roimhe sin. Tharla sé go minic gur chuimhnigh daoine ar Cholmán, chuaigh sé i gcion ar dhaoine i gcónaí.

Cé nach raibh an aimsir ró-fhuar ag an am sin den bhliain, bhí áthas orthu a fheiceáil go raibh tine ar lasadh sa tinteán. Tháinig bean an tí amach le pota tae agus pláta de scónaí úra. Ghlac an ceathrar go fonnmhar leo. Thóg siad amach na huirlisí ceoil ansin agus rinne siad cleachtadh beag cois tine ar feadh leathuair an chloig. Ar a naoi a chlog, thosaigh na múinteoirí óga ag teacht. Thart ar chaoga múinteoir san iomlán a bhí ann. Bhí aithne ag Colmán agus ag Pól ar go leor de na buachaillí de bharr cúrsaí peile

393 Tírdhreach – *landscape*

394 Méith – *fertile*

395 Sabhaircín – *primrose*

396 Sailchuach – *violet*

397 Ceadúnas tiomána – *driver's licence*

ach ba iad na ceoltóirí ina measc amháin a d'aithin Aisling agus Róisín. Thaistil cuid acu ó bhonn agus cuid acu ó bhaithis[398] na tíre le bheith i Ráth Chairn an oíche sin.

Sheinn Nóntraí ar feadh trí huaire an chloig. Bhraith siad go raibh daoine ag éisteacht ag an tús, ach de réir mar a chuaigh an oíche ar aghaidh, ba léir dóibh go raibh níos mó spéise ag an slua sa chaint agus sa chabaireacht[399] ná mar a bhí acu sa cheol. Ba chuma le Nóntraí – atmaisféar a chruthú, ba é sin an ról a bhí acu – agus bhain siad taitneamh, ar aon nós, as a bheith ag breathnú ar an spraoi ar fad. Chuir na múinteoirí go leor deochanna i dtreo na gceoltóirí agus d'ól Aisling agus Pól cuid acu. Ag deireadh na hoíche bhí an bheirt acu sona súgach[400] gan a bheith ar meisce. Na huirlisí ar ais ina mboscaí, d'éalaigh an ceathrar amach as an mBradán Feasa gan slán a fhágáil ag aon duine óir níor mhian leo deireadh a chur leis an gcóisir.

Lasmuigh den chlub, bhí an ghealach ag taitneamh anuas ar Ráth Chairn. Bhí Pól agus Aisling an-ghrámhar lena chéile agus tar éis do Phól cogar a chur i gcluas Aislinge dúirt siad go bhfanfaidís lasmuigh ansin faoin spéir réaltógach ar feadh tamaillín agus go gcuirfidís téacs chuig a gcara a mbeidís ag fanacht léi ar ball. Ghlac Róisín agus Colmán leis an leid agus d'fhág siad slán acu agus shiúil siad ar ais go dtí gluaisteán Cholmáin.

---

398 Ó bhaithis go bonn – *from head to foot, all over*

399 Cabaireacht – *babbling, chatting*

400 Súgach – *mellow with drink, tipsy*

LEABHARLANN CO. CHILL DARA

Agus iad ag taisteal ar ais sa charr, bhraith Róisín an-sona agus an-slán i gcomhluadar Cholmáin. Rachadh sí abhaile chuig a máthair don Cháisc amárach, ach anois d'airigh sí sábháilte agus saor ón mbuairt. D'fhág Colmán í ag a doras agus ghuigh siad gach dea-ghuí ar a chéile don Cháisc. Chodail Róisín go sámh an oíche sin. Ba chodladh é a tháinig ón muintearas[401] séimh a thug cairdeas Cholmáin di.

[401] Muintearas – *friendship, belonging*

Caibidil 9

DÓCHAS

An mhaidin dár gcionn, chonaic Róisín go raibh teachtaireacht fágtha ar a guthán agus go raibh téacs ann di, freisin. An téacs, ba óna máthair a tháinig sé agus d'fhreagair Róisín é sin láithreach. Ansin, d'éist sí leis an teachtaireacht. Níor aithin sí an uimhir, ach a luaithe agus a chuala sí an guth, bhí a fhios aici cé a bhí ann:

"A Róisín, Máirín Ní Chualáin anseo. Maidin Dé Sathairn. Ba mhaith liom labhairt leat faoi phost páirtaimseartha a bheidh anseo i Roinn na Gaeilge an bhliain seo chugainn. B'fhéidir go mbeadh spéis agatsa ann. An gcuirfidh tú glao orm ag an uimhir seo má fhaigheann tú deis?"

Post páirtaimseartha sa Choláiste! Chorraigh croí Róisín le háthas. Ní fhéadfadh sí é a chreidiúint. Bhí sceitimíní uirthi. Bhí rún aici ó thosaigh sí san ollscoil triail a bhaint as a bheith ag múineadh ag an tríú leibhéal, ach shíl sí i gcónaí nach mbeadh sí cumasach go leor chuige. Ní chuirfeadh sí glao ar Mháirín láithreach óir theastaigh uaithi a smaointe a chur in ord agus in eagar ar dtús. Cé gur tháinig fonn uirthi an dea-scéal a roinnt le Colmán, ní déarfadh sí focal leis go dtí go mbeadh tuiscint ní b'fhearr aici ar a mbeadh i gceist.

Tuairim trí nóiméad tar éis a cúig, shroich Róisín Cill Airne agus bhí a máthair ann roimpi. Chuir sí fáilte mhór roimh a hiníon. Bhí a fhios ag Róisín óna haghaidh, áfach, go raibh drochscéal éigin faighte aici.

"Sea. Drochscéal. Níor thoiligh d'athair labhairt le hidirghabhálaí. Beidh orm cás cúirte a thabhairt ina choinne anois go cinnte. D'fhéadfadh sé sin dul ar aghaidh ar feadh na mblianta agus cosnóidh sé na mílte." Tharraing a máthair anáil throm.

Cé gur bhraith Róisín meirtne[402] agus buairt ag leathnú ar fud a coirp féin arís, d'fhreagair sí go dóchasach.

"Seasfaimid leat, a Mhom. Lean ar aghaidh le do shaol agus le do chuid oibre agus diaidh ar ndiaidh, tiocfaidh feabhas ar chúrsaí."

Ní raibh Róisín cinnte ar chreid sí a cuid comhairle féin ach bhí uirthi a bheith dearfach.

"Ach cogar, a Róisín, conas atá cúrsaí leatsa?"

Bhí áthas ar Róisín go raibh a máthair ag glacadh ról na máthar arís agus go raibh suim á léiriú aici i saol duine eile.

"Tá gach rud go breá, go raibh maith agat. Eadrainn féin, fuair mé dea-scéal inniu. D'fhág mo léachtóir

402 Meirtne – *weakness, dejection*

Gaeilge teachtaireacht ar mo ghuthán póca. Bhí sí ag iarraidh a fháil amach an mbeadh spéis agam i bpost páirtaimseartha sa Choláiste Oideachais an bhliain seo chugainn. Nílim cinnte an mbeadh spéis agam ann, caithfidh mé glao a chur uirthi níos déanaí ach tá sé go deas gur chuimhnigh sí orm ar aon nós."

"Ó bheadh sé sin go hiontach. Déarfainn go mbainfeá an-tairbhe as sin! Ach mar a deir an seanfhocal, beatha duine a toil![403]"

Tar éis di a bheith ag labhairt le Máirín ar an nguthán, bhí na mionsonraí ar fad ag Róisín. Ceithre huaire an chloig a bheadh i gceist óna ceathair a chlog go dtí a sé a chlog ar an Luan agus ar an Máirt. Toisc post páirtaimseartha a bheith i gceist, ní bheadh gá le hagallamh. Ba léi na huaireanta dá nglacfadh sí leo. Shíl Máirín go n-oirfeadh sé di dá n-éireodh léi post múinteoireachta a fháil i scoil i gceantar an Choláiste. Bheadh sí in ann a teastas[404] a dhéanamh sa bhliain chéanna. Ina theannta sin, bheadh seans ann go mbeadh post lánaimseartha á fhógairt sa Choláiste an bhliain dár gcionn.

Níorbh é sin an rud ba mhó a d'ardaigh croí Róisín, áfach.

"Tá scéala faighte ar ais agam ó mo chara i gComhaltas Ceoltóirí Éireann, freisin, a Róisín, agus bhí sé an-tógtha go deo leis an bpíosa ceoil a chum tú," arsa Máirín. "Creid nó ná creid é, a Róisín, chuaigh sé i dteagmháil cheana féin le Gael-Linn agus

---

403 Beatha duine a thoil – *a person's life is their own choice*

404 Teastas – *diploma (teaching diploma)*

léirigh siadsan spéis i dtaifeadadh a dhéanamh den phíosa le Cór an Choláiste."

Ghabh Róisín buíochas ó chroí le Máirín agus dúirt sí go raibh an-spéis aici sa dá rud ach go dtabharfadh sí freagra cinnte faoin bpost agus faoin taifeadadh tar éis na Cásca.

Dé Luain, shiúil Róisín ó theach a máthar, go dtí a seanbhaile, teach a hathar anois. Chuir sí a heochair isteach sa ghlas ach ní osclódh an doras. Ansin, tháinig a hathair amach agus dúirt sé gur bhris a eochair féin sa ghlas cúpla lá roimhe sin agus go raibh air é a athrú. Ba léir di gur bhréag a bhí ansin agus go raibh an glas athraithe d'aon ghnó aige chun a theaghlach féin a choinneáil amach as an áit inar fhás siad. Níor thairg[405] sé eochair nua di agus ní raibh fonn uirthi dul ag argóint leis. Labhair Róisín faoi nithe ginearálta ar feadh tamaillín ach freagra ar bith ní bhfuair sí, ach freagraí aonsiollacha[406].

"Tá."

"Níl."

Ní fhaca sí rian den bhosca ceoil. D'iarr sí cead air dul suas staighre chun cúpla rud óna sean-seomra codlata a bhailiú.

"Bailigh pé rud atá uait!" arsa a hathair go borb.

"Agus tá do phost ar an mbord sa halla, tóg leat é sin, leis."

D'fhág sí slán leis agus thug sí a huimhir ghutháin dó

---

405 Tairg – *offer, express readiness to*

406 Aonsiollach – *monosyllabic*

arís ar phíosa páipéir. "Cuir glao orm aon uair is mian leat, a Dhaid."

Chaoin Róisín an bealach ar fad ar ais go dtí an teach ina raibh cónaí ar a máthair anois. Chaoin sí a hóige agus na dea-rudaí a tharla sa teach sin. Chaoin sí de bharr na ciontachta a mhothaigh sí. Ise ba chúis leis an scaradh, dar léi féin. Thar aon rud eile, chaoin sí toisc glas an dorais a bheith athraithe. Diúltú[407] ab ea an gníomh sin. Bhraith sí go raibh sí tréigthe ag a hathair féin. Ghortaigh an gníomh í go croí, é sin agus an bhréag a d'inis sé faoi.

"Ní ortsa atá an milleán," tháinig focail Dhónail ar ais chuici.

Ghlan sí a haghaidh sa seomra folctha agus ansin chuala sí a fón ag bualadh. D'fhreagair sí é.

"Haló."

"Haló, a Róisín. Pádraig Ó Sé anseo."

Ba é Pádraig an t-orgánaí sa séipéal áitiúil.

"Á, Dia duit a Phádraig!" arsa Róisín.

"Chonaic mé thú ag teacht amach as an siopa inné. An bhfuil tú go maith? An mbeidh tú timpeall don tseachtain ar fad?"

"Beidh, táim ag fanacht le mo mháthair," arsa Róisín.

"Iontach! Bheadh sé ina chabhair an-mhór dúinn dá gcanfá an salm ar Aoine an Chéasta[408] agus an *Exultet* ar Shatharn na Páise[409]."

---

407 Diúltaigh – *reject*

408 Aoine an Chéasta – *Good Friday*

409 Satharn na Páise – *Holy Saturday*

Chanadh Róisín i gcónaí ina séipéal áitiúil i rith na Seachtaine Móire, agus bhí áthas uirthi cuireadh a fháil arís i mbliana. Ghlac sí leis an gcuireadh ach ar chúis éigin, bhí sí buartha faoina bheith ag canadh os comhair mhuintir an pharóiste.

Ar Aoine an Chéasta agus í ag teacht amach as an séipéal, bhuail sí leis an tseanbhean a bhí ina cónaí sa teach béal dorais le teach an teaghlaigh.

"A Róisín!" ar sise. "Fáilte romhat ar ais. Ní fhaca mé thú le fada. Bhí an salm go haoibhinn."

"Go raibh maith agat, a Bhean Uí Fhloinn!" a d'fhreagair Róisín go múinte. "Chuala mé go raibh tú tinn ar feadh píosa, an bhfuil tú ar fónamh?" a d'fhiafraigh Róisín di.

"Tá, buíochas le Dia. A Róisín, cén fáth nach dtugann tú cuairt ar d'athair?"

Bhí aithne ag Róisín ar an mbean seo ó bhí sí sa chliabhán. Bhí taithí aici ar a ceisteanna díreacha.

"Thug mé cuairt air ag tús na seachtaine."

"Ar thug?"

D'fhéach an tseanbhean uirthi amhail is nár chreid sí í agus chas sí i dtreo an duine ar an taobh eile di. Agus Róisín ag siúl uaithi, chuala sí an méid a dúirt sí lena cara:

"An créatúr bocht, tá sé tréigthe acu. Canfaidh sí ón altóir, ceart go leor, ach ní labhróidh sí lena hathair féin."

Bhí Róisín trína chéile. Ní hamháin go raibh an glas athraithe aige, ach bhí bréaga á n-insint aige fúithi freisin. Shocraigh sí gan rud ar bith a rá faoin gcúlchaint[410] lena máthair, óir bheadh sí cráite. Thuig Róisín, áfach, nach mbeadh sí in ann lúcháir[411] agus dóchas na Cásca a fhógairt i mbliana. Chuir sí glao ar Phádraig an mhaidin dár gcionn agus dúirt sí nach raibh sí ag mothú go rómhaith agus nach mbeadh sí in ann an *Exultet* a chanadh i mbliana.

Domhnach na Cásca, bhí dinnéar rósta ag Róisín le Máire agus lena máthair agus bhí dreas cainte maith ag Róisín lena deirfiúr ina dhiaidh. An uair sin, léirigh Róisín comhbhá[412] le Máire nuair a labhair sí faoin mbéadán áitiúil. Agus an teach á fhágáil ag Róisín le filleadh go Baile Átha Cliath an lá dár gcionn, thug Máire mála di.

"Oscail é anocht agus tú ar ais i do theach féin."

Rófhiosrach[413] a bhí Róisín, ní fhéadfadh sí fanacht. Nuair a bhí suíochán faighte aici ar an traein, thug sí spléachadh[414] tapa isteach sa mhála. Gúna álainn a bhí ann ar dhath ní ba dheirge ná fiúise. Gúna di féin don Damhsa ag deireadh na bliana. Ghabh Róisín buíochas ina croí istigh as gean[415] a deirféar.

---

410 Cúlchaint – *gossip*

411 Lúcháir – *joy, gladness*

412 Comhbhá – *sympathy*

413 Fiosrach – *inquiring, inquisitive*

414 Spléachadh – *glance, glimpse*

415 Gean – *love, affection*

Caibidil 10

SCRÚDUITHE AGUS DAMHSA

Chuir Róisín glao ar Mháirín Ní Chualáin agus ghlac sí leis an bpost páirtaimseartha a thairg sí di. Chaith Róisín an chuid eile den tseachtain ag staidéar do na scrúduithe agus nuair a fuair sí an deis, rinne sí uasdátú[416] ar a *CV*. D'fhan an chuid ba mhó de na mic léinn sa bhaile do Sheachtain na Cásca agus, dá bhrí sin, níor bhuail sí le mórán de na mic léinn eile i rith na tréimhse. Cé gur mhothaigh sí uaithi Colmán, agus cé gur smaoinigh sí air go rialta, ní dheachaigh sí i dteagmháil leis. Bhí go leor rudaí eile le déanamh aici.

An Luan dár gcionn, ní raibh léachtaí aici go dtí a dó a chlog agus bhí na scoileanna ar oscailt arís tar éis laethanta saoire na Cásca. Ghléas sí í féin in éadaí gairmiúla agus phriontáil sí amach cóip dá *CV*. Ansin, shiúil sí chuig an mbunscoil in aice leis an gColáiste ina ndearna sí a socrúchán scoile i Mí na Samhna. Bhí banna feadóige na scoile ag seinm poirt[417] agus chuala sí é ag éalú ó fhuinneog amháin. Lasmuigh den phríomh-

---

[416] Uasdátú – *update*

[417] Port – *tune*

dhoras, bhí líníochtaí[418] agus múrmhaisithe[419] lámhdhaite[420] de radhairc éagsúla ar taispeáint. Ar ámharaí an tsaoil, bhuail sí le Ciarán de Barra, an Príomhoide, díreach laistigh den doras.

"Róisín Ní Shúilleabháin!" ar seisean in ard a ghutha.

Corcaíoch ab ea é agus bhí an-spéis aige i gcúrsaí cultúir agus spóirt. Réitigh Róisín go han-mhaith leis nuair a bhí sí ann i Mí na Samhna.

"Chuala mé go raibh an bua ag cailíní an Choláiste i bPeil na mBan!"

"Bhí," arsa Róisín. Chuir an t-ábhar cainte ionadh ar Róisín ar dtús. Bhí cluiche ceannais na gcailíní i bPáirc Peile an Choláiste ar an lá roimh Lá Fhéile Pádraig. Cé go raibh sí ag an gcluiche, agus cé nach raibh imithe ó shin ach cúpla seachtain, bhraith sí go raibh saol iomlán caite aici ón uair sin. D'fhreagair sí le spéis ina guth, áfach.

"An-chluiche a bhí ann agus Corn ar taispeáint ag an Oifig Fáilte arís! Nach iontach é! Is dócha go bhfuil aithne agatsa ar Ríona Nic Cárthaigh a bhíonn ag imirt do Chorcaigh?"

"Ríona as Cúl Aodha, an ea?"

"'Sea. Tá sí sa Chéad Bhliain i mbliana agus, beidh áthas ort a chloisteáil, go bhfuair sí 'Laoch an Chluiche'![421]"

---

[418] Líníochtaí – *line drawings*

[419] Múrmhaisiú – *mural*

[420] Lámhdhaite – *hand coloured*

[421] Laoch an Chluiche – *Hero of the Match*

"Ó, tuigim anois," ar seisean agus tuin na pleidhcíochta ar a ghlór.

"Corcaíoch a bhuaigh an cluiche daoibh!" ar seisean ag gáire go croí-éadrom.

"N'fheadar cá mbeimis gan na reibiliúnaithe!"[422] a d'fhreagair Róisín go cliste.

"Anois, a Róisín," arsa Ciarán, é ag cur gothaí dáiríre air féin.

"An bhfuil rud éigin i do lámh ansin agat domsa?"

"Tá. Seo cóip de mo *CV*. Dá mbeadh folúntas[423] agat don bhliain seo chugainn, bheinn buíoch díot dá gcuirfeá m'iarratas san áireamh."

"Bhuel! Mar a tharlaíonn sé, beidh beirt mhúinteoirí ag dul ar scor[424] ag deireadh na scoilbhliana seo agus beidh múinteoir eile ag dul ar shaoire mháithreachais[425]. Is cinnte go gcuirfear d'ainm sa phota. Níl sé i gceist agat filleadh ar Chiarraí más ea?"

"Níl go fóill. Cailín cathrach mé anois!" a d'fhreagair sí.

"Tusa! Is Ciarraíoch go smior tú!" Chaoch sé súil léi agus chroith sé lámh léi. "Go raibh míle maith agat, a Róisín, beidh mé i dteagmháil leat."

"Go raibh míle maith agat féin, a Chiaráin!"

Ar a bealach amach as an scoil, chonaic sí go raibh caoi an-deas curtha ar Ghairdín na Scoile[426] agus go

---

[422] Reibiliúnaí – *rebel*

[423] Folúntas – *vacancy*

[424] Ar scor – *retiring*

[425] Saoire mháithreachais – *maternity leave*

[426] Gairdín na Scoile – *The School Garden*

raibh fiailí[427] agus féar ag fás d'aon ghnó in aice leis an ngairdín d'fhonn féileacáin[428] agus beacha a mhealladh ina threo. Bhí na naíonáin bheaga[429] agus na naíonáin mhóra[430] ag súgradh sa chlós, bratacha ina lámha ag cuid acu agus éide spóirt na scoile orthu go léir. Caithfidh go raibh siad ag fáil réidh d'ócáid éigin spóirt. B'aoibhinn le Róisín a bheith ag obair sa scoil sin. Agus í ag siúl ar ais go dtí an Coláiste, smaoinigh sí ar an rud a bhí ráite ag Ciarán faoina háit dúchais.

"Tá súil agam go gceapann sé go bhfuilim dáiríre faoin bpost agus nach gceapann sé go bhfillfinn ar Chiarraí, dá bhfaighinn an seans," ar sise léi féin.

Ansin, thug sí faoi deara go raibh sí á crá féin gan chúis arís. Chuir sí na smaointe diúltacha as a haigne agus shiúil sí i dtreo na hAmharclainne. Lá glórmhar earraigh a bhí ann agus teas cheana féin sa ghrian. Ina theannta sin, bhí silíní[431] bándearga agus silíní bána faoi bhláth go flúirseach i dtimpeallacht an Choláiste agus bhí boladh d'fhéar úrghearrtha ag líonadh a polláirí[432]. Nuair a chuala sí éan ag canadh, bhioraigh[433] sí a cluasa. Smólach ceoil[434] a bhí ann. D'éist sí go géar leis na nótaí. Dúnadh crochta[435] amhail is go raibh an deireadh fós le teacht. Thaitin an

---

427 Fiaile – *weed*

428 Féileacán – *butterfly*

429 Naíonáin bheaga – *baby infants* (naíonáin shóisearacha = *junior infants*)

430 Naíonáin mhóra – *big infants* (naíonáin shinsearacha = *senior infants*)

431 Silín – *cherry (cherry tree)*

432 Polláire – *nostril*

433 Bioraigh – *point, sharpen*

434 Smólach ceoil – *song-thrush*

435 Dúnadh crochta – *suspended cadence*

dúlra léi ag an am seo den bhliain, ach chuir sé i gcuimhne di, freisin, go raibh na scrúduithe os a comhair amach. Coicís a bhí fágtha anois roimh na scrúduithe – seachtain amháin le léachtaí agus seachtain staidéir ansin.

Tar éis na léachtaí ar an lá céanna, bhuail sí le Colmán sa leabharlann agus d'fhan siad ann go dtí a seacht a chlog. D'fhill siad ar an leabharlann tar éis a ndinnéir, agus chaith siad an chuid ba mhó den choicís dár gcionn ag staidéar ag na binsí céanna.

Nuair a bhí na scrúduithe ar siúl, rinne siad iarracht ar leith bia sláintiúil a ithe agus aclaíocht[436] éigin a fháil gach lá. Ba mhinic a d'éirigh Róisín ar a cúig a chlog ar maidin chun dul siar deireanach a dhéanamh. Shiúil siad chuig na scrúduithe le chéile agus tar éis gach scrúdaithe níor lig siad dá chéile níos mó ná deich nóiméad a chaitheamh ag déanamh anailíse ar an scrúdú a bhí díreach críochnaithe acu. Ar an iomlán, bhí siad sásta leis na páipéir agus níor tháinig aon rud aniar aduaidh orthu.

Tar éis an scrúdaithe dheireanaigh, bhuail Róisín le hAisling agus chuaigh an bheirt acu go teach Róisín chun iad féin a ghléasadh don Damhsa a bheadh ar siúl an oíche sin.

"Ó-Mo-Dhia! Cá bhfuair tú an gúna, a Róisín?" a scairt Aisling nuair a chonaic sí an gúna caordhearg[437] ar crochadh ar hanla an vardrúis.

---

[436] Aclaíocht – *exercise*
[437] Caordhearg – *berry-red*

"Mo dheirfiúr a thug dom é ag an gCáisc."

"Wow! Tá sé chomh foirfe!"

"Cá bhfuil do ghúna féin, a Aisling?" arsa Róisín.

Thóg Aisling gúna bán as a mála. Gúna gearr a bhí ann le strapaí tiubha[438] ag an mbarr agus crios[439] órga ag an gcoim[440].

"Bhuel! Nach bhfuil sé sin gleoite! Beidh tú go hálainn ar fad! Cá bhfuair tú é?" Bhraith Róisín go raibh an gúna cosúil le gúna bábóige, agus dá mbeadh an fhéinmhuinín aici, ba bhreá léi a bheith in ann gúna chomh gearr leis a chaitheamh í féin.

"Sladmhargadh[441]. Búitíc i Rath Garbh. Bhí mé chomh sásta!"

Ghléas siad iad féin sna gúnaí nua. Chuir Róisín riteoga[442] níolóin uirthi féin agus bróga arda dubha agus chuir sí muince[443] shimplí timpeall ar a muineál. Bhí dath bréige[444] ag Aisling ar a cosa agus chaith sí cuaráin[445] ghalánta a thug cuma mhealltach dá cosa fada. Thug Aisling cabhair do Róisín a cuid gruaige a réiteach. Coirníní fada scaoilte[446] a thug cuma ní b'óige di. Dhírigh Aisling a cuid gruaige féin agus chuir sí banda gruaige bán mórthimpeall uirthi. Ansin thóg sí amach a cás smididh[447]. Cás sách mór a bhí ann le gach uirlis áilleachta istigh ann – scuaba,

---

438 Tiubh – *thick*

439 Crios – *belt*

440 Coim – *waist, middle*

441 Sladmhargadh – *cheap bargain*

442 Riteoga – *tights*

443 Muince – *necklace*

444 Dath bréige – *false tan*

445 Cuarán – *sandal*

446 Coirnín fada scaoilte – *long loose curl*

447 Cás smididh – *make-up case*

méadaitheoir fabhraí[448], mascára, béaldath, luisneach púdair, donnaitheoir tréshoilseach[449], snas béil[450] agus vearnais ingne.

Thosaigh Aisling ag gáire nuair a chonaic sí an mála beag smididh a bhí ag Róisín.

"Ní bhíonn aon trua ag an láidir don lag!" arsa Róisín, a mála beag á chur in aice le ceann mór Aislinge.

Ansin phléasc an bheirt acu amach ag gáire le chéile.

"Suigh síos ansin!" arsa Aisling.

D'úsáid sí a smideadh féin chun aghaidh Róisín a mhaisiú. Gnó a chomhlíon sí le dáiríreacht mhór. D'fhéach Róisín sa scáthán agus bhí sí sásta leis an toradh.

"Mo mhíle buíochas, a Aisling, céard a dhéanfainn gan tusa?" ar sise go gealgháireach.

"Bhuel, a Róisín, beidh mé caillte an bhliain seo chugainn gan ár ndreasa cainte," arsa Aisling, go maoithneach.

"A Aisling! Ag am mar seo, agus m'aghaidh clúdaithe le smideadh, is fearr an gáire ná an gol!"

Mar is iondúil, bhí seanfhocal ar barr a teanga ag Róisín do gach ócáid. Thuig Aisling. Dá ndéanfaidís an iomarca cainte faoin am a bhí thart, thosóidís ag gol agus mhillfeadh na deora an smideadh. Mhaisigh Aisling a haghaidh féin ar bhealach a chuir béim ar a súile móra gorma.

---

448 Méadaitheoir fabhraí – *eyelash enhancer*

449 Donnaitheoir tréshoilseach – *translucent bronzer*

450 Snas béil – *lip gloss*

"A leithéid de spéirbhean!" arsa Róisín ag tabhairt barróige[451] dá cara.

Ansin, chuir Aisling dhá phéire d'fhlip-fhleapanna isteach ina mála mór órga. Ní fhéadfaidís damhsa a dhéanamh sna bróga arda a bhí á gcaitheamh acu.

Sa chistin, d'iarr siad ar Órfhlaith grianghraf a thógáil den bheirt acu le chéile. Ansin, dhoirt Órfhlaith gloine fíona d'Aisling agus di féin, thug sí gloine d'uisce beo do Róisín.

"Don chairdeas!" arsa Aisling go buíoch.

"Cairdeas agus ceol!" arsa Róisín.

Chuir siad a ngloiní le chéile i gcuspa sláinte[452].

Bhuail siad leis na buachaillí lasmuigh den Choláiste, áit a raibh dhá bhus speisialta ag feitheamh ann do na mic léinn go léir. Thug Pól póg d'Aisling nuair a chonaic sé í agus d'fhág sé a lámh timpeall ar a gualainn. Chonaic Róisín an t-iontas i súile Cholmáin. Chaith sé nóiméad ag féachaint uirthi le cion.

"Oireann stíl an ghúna agus an dath dubh-dhearg[453] sin go mór do do phearsa, a Róisín!" ar seisean ar deireadh.

Léim a croí. Stán siad ar a chéile.

"Go raibh maith agat!" ar sise.

"Oireann an chulaith éadaigh sin duitse, freisin, agus is aoibhinn liom do charbhat!" Bhí carbhat dubh aige le nótaí ceoil bána spréite air!

---

451 Barróg – *hug*

452 Cuspa sláinte – *toast*

453 Dubh-dhearg – *dark red*

"Go raibh maith agat! Tá an carbhat sin deich mbliana d'aois i mbliana!"

Lig sé di dul isteach sa bhus os a chomhair.

Tar éis dinnéir bhlasta agus go leor focal buíochais ó Aontas na Mac Léinn, chaith an ceathrar cairde an chuid eile den oíche ag damhsa. Nuair a d'imigh an banna ceoil, shuigh siad i bhforhalla[454] an tí ósta. Bhí thart ar dheichniúr eile bailithe ann rompu. Bhí Pól agus Aisling ar meisce ar nós cuid mhaith de na daoine óga. Bheartaigh Róisín dul amach faoin aer. Nuair a thug Colmán faoi deara go raibh sí imithe amach, chríochnaigh sé a dheoch agus lean sé í.

"An bhfuil tú ceart go leor, a Róisín?"

"Táim go breá ar fad! Tá an iomarca gleo san áit sin domsa anois agus theastaigh uaim aer úr a fháil. Ach téigh ar ais tusa, nílimse ag iarraidh tú a tharraingt ón gcóisir."

"Bhí an fothram ag cur isteach ormsa, chomh maith. Déarfainn go gcuirfear an ruaig[455] orainn sula i bhfad ar aon nós."

Shiúil siad píosa ó dhoras an tí ósta. Bhí an ghrian ag éirí san oirthear.

"Cén t-am é ar chor ar bith?" a d'fhiafraigh Colmán.

"A ceathair a chlog," a d'fhreagair Róisín.

"Beidh na busanna ag imeacht ar a cúig."

---

[454] Forhalla – *foyer*

[455] Cuir an ruaig ar – *chase away, drive out*

Sheas siad go ciúin ag an mballa íseal ar thaobh an tí ósta. Bhí radharc soiléir ar ghairdín mór an tí ósta ón áit. Ba í Róisín a bhris an ciúnas.

"Bhuel, a Cholmáin! Scaipfear na cairde ar fud na tíre amárach. Nuair a stadann an ceol, stadann an rince!"

"Figiúr amháin de rince na beatha atá thart, a Róisín, sin an méid," arsa Colmán le gaois athar, "bhí sé de phribhléid agamsa páirtí rince den scoth a fháil don fhigiúr áirithe seo," ar seisean.

D'fhéach sé isteach ina cuid súl agus cé gur bhíog a croí, bhí a fhios ag Róisín gur ag fágáil slán a bhí sé. Bhuailfidís lena chéile ag ócáidí ceoil amach anseo, ach bhí a seal mar "phairtnéirí rince" thart anois.

"Go raibh maith agat, a Cholmáin, agamsa a bhí an phribhléid," a d'fhreagair sí go cúirtéiseach.

"Beidh mé faoi chomaoin agat go deo, a Róisín," arsa Colmán go dáiríre, "ach táim ag ceapadh go bhfuil damhsa aonair[456] dúshlánach os do chomhair anois ar feadh tamaillín!"

Mhúscail dáiríreacht a chuid focal mothúcháin dhoimhne i Róisín. Mhothaigh sí go raibh an-chuid caillte aici le bliain anuas. Chuimhnigh sí arís ar an bpian a mhothaigh sí de bharr ghníomhartha a hathar – athair a bhí tar éis í a dhúnadh amach go hiomlán as a shaol… Ach cén fáth a raibh sí ag déanamh naisc idir focail Cholmáin agus gníomhartha a hathar? Ní raibh a fhios aici. Bhí a fhios aici, áfach, nach raibh sí

[456] Damhsa aonair – *solo dance*

chun ligean do na mothúcháin a mhothaigh sí faoina hathair a dearcadh dearfach ar dhaoine eile a thógáil uaithi... ní á tréigean a bhí Colmán... ba ag fágáil sláin a bhí sé ionas go mbeadh sí in ann a sain-mhianach[457] féin a bhaint amach. Bhí céimeanna rince nua le foghlaim aici, ceart go leor, ach bhí a fhios aici, freisin, nach raibh a leithéid de rud ann i ndáiríre agus damhsa aonair. Fiú ag an bpointe ba dheacra ina saol bhí idir dhaoine muinteartha, chairde agus cheol tar éis a bheith á tionlacan. Ba léir di ó na focail a dúirt Colmán agus iad ag filleadh ar an teach ósta go raibh sé den tuairim chéanna:

"Rud eile, a Róisín! Ní dóigh liom go bhfuil an ceol ina thost do cheachtar againn ach oiread!"

[457] Mianach – *inherent potential*

Mar áis don fhoghlaimeoir cuirtear an plean ceachta a scríobh Róisín ar fáil anseo:

Plean Ceachta

Ábhar: Ceol

***Snáithe:** Éisteacht agus Freagairt do Cheol*[458]

***Teideal an Cheachta:** "Slán le Ceol, le Toirdhealbhach Ó Cearrbhalláin"*

Am: 25 nóiméad

***Rang:** Ardranganna éagsúla*

***Cuspóirí:** Ba chóir go gcuirfí ar chumas an pháiste:*

- *Dul siar a dhéanamh ar eolas faoi shaol Uí Chearrbhalláin*
- *Éisteacht le píosa ceoil le Ó Cearrbhalláin*
- *Freagairt do phíosa ceoil trí labhairt faoina mothúcháin*
- *Luas*[459] *an phíosa a aithint*
- *Tondath na n-uirlisí a aithint*

---

[458] Éisteacht agus freagairt do cheol – *listen and respond to music*
[459] Luas – *speed*

- *Tuiscint a fháil ar shéis*[460] *agus ar thionlacan*[461]
- *Freagairt don cheol trí ghluaiseacht/dhamhsa a dhéanamh leis an gceol.*

Áiseanna: *Bileoga le babhtaí*[462] *do thráth ceisteanna*[463]*, Seinnteoir Dlúthdhioscaí, Dlúthdhioscaí.*

Eagrúchán Ranga: *Beidh na páistí in aon ghrúpa amháin ach beidh obair ghrúpa ar siúl acu ag an tús leis na páistí ag a mbord féin agus beidh obair bheirte ar siúl acu leis an duine in aice leo.*

Réamhrá:

- *Déanfaidh mé tagairt don cheacht staire a bhí againn inné. Déanfaidh mé tráth ceisteanna boird leis na páistí faoi Ó Cearrbhallán chun tógáil ar a réamheolas*[464]*. Beidh bileog pháipéir ag gach bord agus beidh babhta amháin sa tráth ceisteanna. Beidh cead ag na páistí labhairt go ciúin leis na páistí eile ag a mboird. Scríobhfaidh siad a gcuid freagraí síos:*

  1. *An cuimhin le haon duine cár rugadh Ó Cearrbhalláin? (I gContae na Mí ach d'aistrigh a mhuintir go Cora Droma Rúisc nuair a bhí sé ina dhéagóir)*
  2. *Cén bhliain ar rugadh é? (1670)*
  3. *Cén t-ainm a bhí ar an mbean a thug post dó? (Mrs Mac Dermott Roe)*

---

460 Séis – *melody*

461 Tionlacan – *accompaniment*

462 Babhta – *round*

463 Tráth ceisteanna – *quiz time*

464 Tóg ar a réamheolas – *build on their previous knowledge*

4 *Cén drochrud a tharla dó nuair a bhí sé seacht mbliana déag d'aois? (Tháinig an bholgach*[465] *air agus chaill sé radharc na súl*[466] *dá bharr)*

5 *Céard a d'eagraigh Mrs Mac Dermott Roe dó ansin? (Cúrsa oiliúna sa chláirseach)*

6 *Cé mhéad bliain a chaith sé ag foghlaim na cláirsí? (Trí bliana)*

7 *Céard a thug Mrs Mac Dermott Roe dó ansin agus é aon bhliain is fiche? (Capall agus treoraí*[467]*)*

8 *Céard a rinne sé ansin? (Chaith sé an chuid eile dá shaol ag taisteal na tíre ag seinm agus ag cumadh ceoil). Tabharfaidh mé na freagraí agus iarrfaidh mé ar na páistí féincheartú*[468] *a dhéanamh. Molfaidh mé na páistí.*

- *Seinnfidh mé nóiméad amháin den phíosa ceoil don rang ar an seinnteoir DD.*
- *Iarrfaidh mé orthu a insint dom an bhfuil sé mear*[469] *nó mall*[470] *("An féidir le haon duine a insint dom an bhfuil an píosa mear nó mall?")*
- *Ligfidh mé do na páistí labhairt faoina mothúcháin. ("In obair bheirte, inis don duine in aice leat conas a mhothaigh tú nuair a chuala tú an píosa.")*

---

465 An bholgach – *smallpox*
466 Radharc na súl – *eye-sight*
467 Treoraí – *guide*
468 Féincheartú – *self-correction*
469 Mear – *quick*
470 Mall – *slow*

- *Cuirfidh mé ceist ar chúpla páiste os comhair an ranga. ("Bhuel! A Chiara, conas a mhothaigh tú nuair a chuala tú an píosa ceoil sin – sona nó brónach? Ar bhraith tú suaimhneach nó bríomhar*[471]*, a Chaoimhín?").*

Forbairt an Cheachta:

- *Míneoidh mé go bhfuil mé chun an píosa ceoil a chasadh arís agus gur mhaith liom go n-inseoidís dom céard iad na huirlisí atá ag seinm. ("Casfaidh mé an port arís anois agus éistigí leis na huirlisí, ansin cuirfidh mé ceist oraibh faoi na huirlisí. Éistigí!")*
- *Cuirfidh mé ceisteanna orthu ansin. ("Lámha suas, céard iad na huirlisí sa phíosa?")*
- *Míneoidh mé go bhfuil cláirseach agus fliúit le cloisteáil. Gur uirlisí traidisiúnta iad. Go bhfuil an tséis ag an bhfliúit agus go bhfuil an chláirseach á tionlacan. Scríobhfaidh mé na focail 'fliúit'; 'cláirseach', 'séis' agus 'tionlacan' ar an gclár bán agus míneoidh mé iad más gá.*

Clabhsúr:

- *Iarrfaidh mé ar na páistí seasamh.*
- *Déarfaidh mé leo go gcasfaidh mé an píosa ceoil arís agus iarrfaidh mé orthu mótarghluaiseacht*[472] *ar an spota a dhéanamh leis an gceol, i rithim an phíosa, ag baint úsáide as a gcorp óna mbásta*[473] *amháin.*

---

471 Bríomhar – *lively*

472 Motarghluaiseacht – *motar-movement*

473 Básta – *waist*

Déarfaidh mé gur chóir dóibh a gcuid mothúchán a léiriú sna gluaiseachtaí. Tabharfaidh mé sampla dóibh ar dtús. ("Féachaigí ormsa anois, táim ag gluaiseacht le rithim an cheoil, níl cead agam mo chosa a bhogadh...")

- *Iarrfaidh mé ar na páistí suí síos ansin. ("Suígí síos anois. Go raibh maith agaibh!")*

Foclóir Gaeilge eile a bheidh ag teastáil i rith an cheachta:

Seasaigí! Éistigí ar dtús! Maith sibh! Ar fheabhas! Seinnfidh mé é uair amháin eile! Tá gluaiseacht álainn le feiceáil anois! Anonn is anall! Éadrom agus galánta, maith thú! Damhsóir den scoth! Sin gluaiseacht ghrástúil álainn! Sin gluaiseacht mhall álainn! Maith thú! Bainigí sult as!

Gluais

Admháil – *to admit*
Aclaíocht – *exercise*
Acmhainn – *resource*
Adhmhaidin – *early morning*
Ailse – *cancer*
Aireagal – *oratory*
Aischothú – *feedback*
Aisfhreagairt – *reply*
Aistritheoir – *translator*
Aithris chruinn – *accurate mimicry*
Alltacht – *amazement*
Amchomhartha – *time signature*
An Neidín – *Kenmare*
Ansa, is – *favourite, beloved*
An tSeachtain Mhór – *holy week*
Andúil – *addiction*
Anordúil – *disorderly, chaotic*
An-suaimhneach – *tranquil*
Aoibh neamhaí – *heavenly countenance*
Aoine an Chéasta – *Good Friday*
Aonad comhtháite – *integrated unit*
Aonsiollach – *monosyllabic*
Aontas na Mac Léinn – *Students' Union*
Ar ancaire – *at anchor*
Ar athlá – *postpone/another day*
Ar scor – *retiring*
Ar tí – *about to*
Áras éalaithe – *place of escape* (áras – *mansion/residence/home*)
Armóin – *harmony*
As broinn – *from the womb*

Babhla ildaite – *multi-coloured bowl*
Babhta – *round*
Baclainn – *bent arm*

Bainisteoir – *manager*
Banríon Cheilteach – *Celtic Goddess*
Barr feabhais – *to perfect*
Barróg – *hug*
Básta – *waist*
Beacht – *exact measure*
Béadán – *gossip*
Béal an chuain – *the mouth of the harbour*
Bearna – *gap*
Bearradh – *shave*
Beartaigh – *decide*
Beartán – *bundle*
Beatha duine a thoil – *a person's life is their own choice*
Bioraigh – *point, sharpen*
Bolgach – *smallpox*
Breithiúnas an phobail bhig – *the judgement of the small community*
Bríomhar – *lively*
Buille – *blow*
Búlbhaird – *boulevard*
Burmach – *Burmese*

Cabaireacht – *babbling, chatting*
Caidreamh rómánsach – *romantic relationship*
Caithréimeach – *triumphant*
Calafort – *port, harbour*
Callánach – *noisy*
Calóga arbhair – *cornflakes*
Cantalach – *cranky*
Caordhearg – *berry-red*
Cás smididh – *make-up case*
Casachtach (ag) – *coughing*
Castacht – *complexity*
Céadsearc – *true love*
Ceadúnas tiomána – *driver's licence*
Ceanndána – *headstrong, stubborn*
Ceapóga – *little plots, beds (flower beds)*
Ceathairéad – *quartet*
Ceil – *hide*
Céim ealaíon – *Art's Degree*
Céimeanna na rincí – *the steps of the dances*
Ceol barócach na hIodáile – *Italian baroque music*
Ceol eaglasta – *sacred music*

Ceoláras Náisiúnta – *National Concert Hall*
Ceolchoirm raic – *rock concert*
Ceolfhoireann – *orchestra*
Ciarsúr – *handkerchief*
Cinneadh – *decision*
Cinniúnach – *fateful*
Cinnteacht – *certainty*
Cipín – *little stick*
Cipín cuimhne – *memory stick*
Cláirseach – *harp*
Claonadh dá cheann – *a nod*
Clapsholas – *twilight*
Clár bán idirghníomhach – *interactive white board*
Clár éadain – *forehead*
Cliabhrach – *chest*
Clingeáil (ag) – *ringing*
Cluain a chur – *to captivate, to enthral*
Coim – *waist, middle*
Coirnín fada scaoilte – *long loose curl*
Coláiste Oideachais – *Education College*
Colbha – *edge*
Colmán – *little dove*
Comhairleoir – *counsellor*
Comhbhá – *sympathy*
Comhfhuaim – *similar sound/assonance*
Comh-mheánscoil – *associate secondary school*
Compánach staidéir – *study companion*
Constaicí fisiceacha – *physical obstacles*
Cor beirte – *two-hand-reel*
Corn na Mac Léinn – *Students' Cup*
Corp-cinéistéiseach – *Bodily kinaesthetic*
Corraíl – *agitation*
Creathán – *tremble, quiver*
Críochdhúnadh – *perfect cadence*
Críochnúil – *thorough*
Crios – *belt*
Cruinniú – *meeting*
Cruthaigh – *prove*
Cuanna – *elegant, graceful*
Cuarán – *sandal*
Cúigeach – *a fifth*
Cúinse – *circumstance*

Cuir an ruaig ar – *chase away, drive out*
Cúirtéiseach – *courteously*
Cúisigh – *accuse*
Cúlbhrat – *backdrop*
Cúlchaint – *gossip*
Cuma chlúide – *appearance of a nook/snug*
Cumadóir – *composer*
Cumaisc – *fuse/blend/merge*
Cumann Gaelach – *Gaelic Association*
Cumha – *nostalgia*
Cumhdach – *cover, protection*
Cúnamh spioradálta – *spiritual help*
Cur thar maoil (ag) – *overflowing/brimming over*
Cúrsa diagachta – *theology course*
Cuspa sláinte – *toast*

D'aonghuth – *in one voice/unanimously*
D'ith gach duine a s(h)áith – *everyone ate their fill*
Damhsa aonair – *solo dance*
Dánlann – *gallery*
Dath bréige – *false tan*
Dea-chleachtas – *good practice*
Défhoghar – *diphthong*
Deisbhéalach – *well-spoken, eloquently*
Diabhlaíocht – *devilment*
Dílseacht – *loyalty*
Díograiseach – *diligent*
Diongbháilte – *constant*
Diongbháilteacht – *constancy, steadfastness, decisiveness*
Díthrá – *low tide*
Diúltaigh – *reject*
Dlíodóir – *lawyer*
Doilíos – *sorrow, melancholy*
Donnaitheoir tréshoilseach – *translucent bronzer*
Dordán – *drone*
Dordánach – deep, *bass, droning*
Dordveidhil – *cello*
Dreas cainte – *chat, a spell of talking*
Dréim le (ag) – *looking forward to, anticipating*
Dríodar an óil – *hangover*
Drochshláinte – *poor health*
Drogall – *reluctance*

Dubh-dhearg – *dark red*
Duine ná deoraí – *not a person nor an exile, not a soul*
Dúlagar – *depression*
Dúnadh crochta – *suspended cadence*
Dúrúnda – *enigmatic, mysterious*

Ealta – *flock*
Eascainí (ag) – *cursing*
Eastát tithíochta – *housing estate*
Éiginnteacht – *uncertainty*
Éiligh – *demand*
Éirim – *sense of*
Éirimiúil – *intelligent*
Éisteacht agus freagairt do cheol – *listen and respond to music*

Fána na sráide – *downward slope of the street*
Fannbhuí – *light yellow*
Faoi scáth na bhfuinseog – *under the shade of the ash trees*
Feanntach – *bitter, sharp, severe, piercingly cold*
Féileacán – *butterfly*
Feileastram dearg – *montbretia*
Féincheartú – *self-correction*
Féincheistiú – *self-examination*
Féintrua – *self-pity*
Feirm oscailte – *open farm*
Fiaile – *weed*
Fiosrach – *inquiring, inquisitive*
Fiúgaí – *fugues*
Flaitheasach – *heavenly*
Foirfe – *perfect*
Foláireamh – *warning*
Folt ciardhubh – *jet black hair*
Folúntas – *vacancy*
Fonn – *tune*
Forbairt Ghairmiúil – *Professional Development*
Foréigean teaghlaigh – *domestic violence*
Forhalla – *foyer*
Fothram – *noise, din, tumult*
Frustrachas – *frustration*
Fuaimeanna indibhidiúla – *individual sounds*
Fuarchúis – *apathy, indifference*
Fuascailteoir – *redeemer*
Fuinseog – *ash tree*

Gabh – *arrest*
Gairdín na Scoile – *The School Garden*
Geáitse – *gesture, antic*
Gealgháireach – *happily, cheerfully*
Gean – *love, affection*
Geantraí – *laughing music*
Glasra orgánach – *organic vegetable*
Gléas – *arrange (music)*
Gléas gruaige *GHD* – *GHD hair straightener*
Go bagartha – *threateningly*
Go baileach – *exactly*
Go cúisitheach – *accusatively*
Go fánach – *casually, randomly, haphazardly*
Go fonnmhar – *eagerly, willingly*
Go grod – *abruptly*
Go hachainíoch – *pleadingly*
Go mall sollúnta – *slowly and solemnly*
Go smior – *through and through* (smior = *marrow*, múinteoir go smior – *a teacher to the marrow/bone*)
Go tréan – *strongly/intensely*
Goltraí – *crying music/lament*
Gothaí a lámh – *hand gestures*
Groí – *strong, vigorous, hearty*
Gualainn – *shoulder* (guaillí – *shoulders*)

I bhfochair a chéile – *in each other's company*
Iarsmalann – *museum*
Idir shúgradh agus dáiríre – *half in jest, half in earnest*
Idirghabhálaí – *mediator/intermediary*
In aimhréidh – *entangled, ravelled*
Inchurtha le – *comparable to, equal to, even with*
Iníor – *(act of) grazing*
In ísle brí – *down in the dumps, enfeebled*
Íobairt – *sacrifice*
Íogair – *sensitive*
Iomráiteach – *famous*
Ionsaí na hInse – *Siege of Ennis*
Ionstraimí – *instrumentalist*
Is ansa – *beloved*

Lámhdhaite – *hand coloured*
Lámhscríbhinn cheoil – *music manuscript*
Lánúin – *a couple*
Laoch an Chluiche – *Hero of the Match*
Le cuisle – *with the pulse*
Le teann dóchais – *with sheer of hope*
Leabharlannaí cúnta – *assistant Librarian*
Leasainm – *nickname*
Leathbhádóirí – *shipmates, colleagues, partners*
Leathdhéanach – *second last, penultimate*
Liamhás agus anann – *ham and pineapple*
Líníochtaí – *line drawings*
Lionn dubh – *melancholy, dark humour, depression*
Liotúirge – *liturgy*
Litearthacht – *literacy*
Loinneog – *antiphon*
Loinnir fheirge – *light of anger*
Lonrach – *bright, shining, luminous*
Luaithreach – *ashes, dust*
Luas – *speed*
Lúcháir – *joy, gladness*

Macántacht – *honesty*
Maithiúnas – *forgiveness*
Malartaigh – *swop*
Mall – *slow*
Maoithneachas – *sentimentality*
Maolaigh – *decrease, reduce*
Maorga – *majestic*
Méadaitheoir fabhraí – *eyelash enhancer*
Méaldrámata – *melodramatically*
Meánaoiseach – *medieval*
Méanfach (ag) – *yawning*
Mear – quick
Méarchlár – *keyboard*
Meirtne – *weakness, dejection*
Méith – *fertile*
Mian – *desire*
Mianach – *inherent potential*
Miasniteoir – *dish-washer*
Micreafón – *microphone*
Milleánaigh – *blame*

Millteanach – *enormous, immense*
Mionsonra – *minor detail*
Misneach – *courage*
Míúin – *meditation*
Moch-ghrian – *early sun*
Móinéar – *meadow*
Motarghluaiseacht – *motar-movement*
Muince – *necklace*
Muintearas – *friendship, belonging*
Muirnigh – *caress, cherish, cuddle*
Múrmhaisiú – *mural*

Na baill – *the members*
Na hIarchéimithe – *The Postgraduates*
Na préacháin – *the crows*
Nádúr – *kindly nature*
Naíonáin bheaga – *baby infants* (naíonáin shóisearacha = *junior infants*)
Naíonáin mhóra – *big infants* (naíonáin shinsearacha = *senior infants*)
Náire – *shame, disgrace*
Néal – *nap, snooze*
Nimh – *poison*
Nochtraithe – *nocturnes*
Nodaireacht – *notation*

Ó bhaithis go bonn – *from head to foot, all over*
Obair foirne – *teamwork*
Oideachas an cheoil – *music education*
Oideachas Sóisialta Imshaoil agus Eolaíochta – *Social Scientific and Environmental Education*
Oideachasóirí – *educators*
Órdhonn – *golden-brown*
Ordú urchoisc – *barring order*
Orduithe – *orders*
Orgánaí – *organist*
Órloiscthe – *of/like refined gold*
Osna – *sigh*

Péacach – *showy*
Peann aibhsithe – *highlighter pen*
Píosaí troscáin – *pieces of furniture*

Póirseáil (ag) – *rummaging, searching*
Póit – *hangover*
Polláire – *nostril*
Port – *tune*
Pósadh – *wedding, marriage*
Príomh-aintiún – *main anthem*
Profú – *proofing*

Radharc na súl – *eye-sight*
Raithneach Mhuire – *Lady Fern*
Ráta úis – *interest rate*
Réamhcheol – *overture*
Réamhfhonn – *prelude*
Reibiliúnaí – *rebel*
Reoigh – *freeze*
Riachtanas – *necessity/need*
Riamh anall – *always, from time immemorial*
Rian – *trace, (music) track*
Rian ná tuairisc – *sign nor trace*
Ríomhaire glúine – *lap-top*
Riteoga – *tights*
Roc – *wrinkle*
Rócheanúil – *too fond of*
Rófhlosc – *too much eagerness*
Rógaireacht – *roguery*

Sabhaircín – *primrose*
Sailchuach – *violet*
Saineolaí – *expert*
Sainiúil – *specific*
Sainiúlacht – *specificity*
Saoire mháithreachais – *maternity leave*
Saoiste – *boss*
Saol – *life*, gach duine (*everyone*)
Saothrú an bháis (ag) – *to be in the throes of death*
Saranáid – *serenade*
Satharn na Páise – *Holy Saturday*
Scannal – *scandal*
Scáthán – *mirror*
Scéimeanna – *schemes*
Scéimh – *beauty of face or form*
Scoil mháguaird – *nearby school*

Scoilteadh (ag) – *splitting*
Scól – *scald, redden*
Scórpháipéar – *score, manuscript*
Scrúduithe ceann cúrsa – *Examinations at the end of a course (Finals)*
Scuaine – *queue*
Searmanas Oscailte na gCluichí Oilimpeacha Speisialta – *Special Olympics' Opening Ceremony*
Seasmhacht – *steadfastness, constancy*
Seastán – *stand*
Séis – *melody*
Séiseach – *melodic*
Seisiún aischothaithe – *feedback session*
Seomra éigeandála – *emergency room*
Sian – *whistling plaintive sound, whine, squeal*
Sicín fulachta – *barbecued chicken*
Sileadh ó (ag) – *streamingfrom/dripping from*
Silín – *cherry (cherry tree)*
Siopa leabhar athláimhe – *second hand book-shop*
Síorteannas – *constant tension*
Sladmhargadh – *cheap bargain*
Slán folláin – *safe and healthy*
Smideadh – *make-up*
Smidiríní – *smithereens, little bits*
Smólach ceoil – *song-thrush*
Snaidhm – *knot*
Snas – *shine/polish*
Snas béil – *lip gloss*
Socrúchán Scoile – *School Placement*
Sócúlach – *comfortable*
Soithí – *dishes, vessels*
Sollúntacht – *solemnity*
Soprán – *soprano*
Sorn – *oven, furnace*
Spéirlíne – *horizon*
Spíonta – *exhausted*
Spléachadh – *glance, glimpse*
Spochadh aisti (ag) – *teasing her*
Spraoi iar-shocrúchán scoile – *post school placement fun*
Sraith cheoil – *musical suite*
Sraothartach (ag) – *sneezing*
Srian – *limit, curb*

Stiúgtha leis an ocras – *starved with the hunger*
Stuama – *sensible*
Suaimhnigh – *quiet, pacify, calm*
Suantraí – *lullaby*
Súgach – *mellow with drink, tipsy*
Súimín – *sip, sup*

Taibhiú – *performance*
Taibhsiúil – *haunting, ghostly, spectral*
Táille – *fee*
Tairbhe – *benefit*
Tairg – *offer, express readiness to*
Tairiscint – *proposal, offer*
Taiscéal – *explore*
Taithí saoil – *life experience*
Tàladh ar Slànair – *The Christ Child's Lullaby*
Tarraiceán – *drawer*
Tarrtháil – *save*
Tásc ná tuairisc – *not a trace, no tidings*
Teacht aniar – *resilience*
Teachtaireacht reiligiúnach – *religious message*
Teacht lena chéile (ag) – *matching*
Téadchlár – *dulcimer, strings*
Téadfhuaim – *string-sound*
Téagartha – *substantial, well built*
Téamh suas – *warm-up*
Teann diabhlaíochta – *height of devilment*
Teanóir – *tenors*
Teastas – *diploma (teaching diploma)*
Teicneolaíocht an Eolais – *Information Technology*
Teoiric na hIléirime – *Theory of Multiple Intelligence*
Tháinig sí aniar aduaidh air – *she caught him by surprise*
Timpeallaigh – *surround*
Tíolacadh – *gift*
Tiomantas – *dedication*
Tionlacan gutha – *voice accompaniment*
Tionlacan – *accompaniment*
Tionscadal – *project*
Tionscadal Comhtháite Grúpa – *Integrated Group Project*
Tírdhreach – *landscape*
Tiubh – *thick*
Tocht – *deep emotion*

Tóg ar a réamheolas – *build on their previous knowledge*
Tondath – *timbre*
Tráidire – *tray*
Tras-scríobh – *transcribe*
Tráth ceisteanna – *quiz time*
Tréitheach – *characteristic*
Treoracha – *directions*
Treoraí – *guide*
Tréach – *a third*
Triomaigh – *dry*
Tromchúiseach – *gravely, seriously*
Tromluí – *nightmare*
Tuar na haimsire – *weather forecast*
Tuairimíocht – *speculation*
Tuile – *flood*
Tuin chainte – *accent*
Tum – *immerse*
Turas spioradálta – *retreat*
Túslitir – *initial*

Uaillmhianach – *ambitious*
Uasdátú – *update*
Uibheacha scrofa – *scrambled eggs*
Uigeacht – *texture*
Urramach – *respectful, reverent*

Veidhleadóir – *violinist*